林青霞 著

# 林青霞
## 镜前镜后

北京日报出版社

献给张叔平

# 自序

# 无形的鞭子

董桥从来没有对我说过重话，平常跟他吃饭他都是礼貌地听人讲话，自己不太发言。某一个星期六中午，我们在陆羽吃午饭，说到我第一本书的新书发布会，他严厉地说："你不能称自己为作家。"我嗫嗫地说："我只是在台上跟马家辉开了个玩笑。"他脸上不带笑容的："开玩笑也不行。"我知道他是爱之深责之切，立即不敢出声。

二〇〇四年十二月五日我的第一篇文章刊载于《明报》，至今已逾十五年，现在才准备出第三本书，我清楚知道自己不是作家。只是这十五年里我养成了读书的习惯，偶尔有所感触，心中有话想说，就会写篇文章跟大家分享。我习惯深夜写作，通常是早上六点完成，然后我会迫不及待发给好友金圣华，等她七点半起床，请她打开电脑，听完她对文章的回应，我才安心睡觉。

多年来，每逢一月一日元旦当天，我都会在中国的陆、港、台和新加坡的报章杂志上同步发表一篇文章，有时一年只出这一篇，还是被圣华逼出来的。今年，因为新型冠状病毒的关系，我们全家到澳洲农场暂住两个半月。记得蒋勋说过，如果去到一个荒岛，只准带一本书，他会带《红楼梦》。这次我带了一箱书，除了三大本《红楼梦》原著，还有三大本《白先勇细说红楼梦》、一本《王蒙的红楼梦》、两本高阳的《曹雪芹别传》。平常看到厚厚的书就没耐心看完，这回我下定决心一定要把白先勇那三大本书K完，结果一开始读便放不下了。能够在一本书里看到当代作家白先勇谈论世纪作家曹雪芹，听白先勇仔细分析解读他口中的天下奇书《红楼梦》，真是一大享受。书中有对曹雪芹本人的分析，也说出《红楼梦》好在哪里，以及如何以神话的架构描写贾府由盛转衰的过程，看完这三本书可以说是结结实实地上了一堂文学课。

我常常形容金圣华总是手持着无形的软鞭，只要我一懈怠，她就会抽我一下。避疫期间她又轻轻地提醒我："青霞呀，你趁现在没什么事好做就写点文章吧，你可以把李菁那篇完成啊。"

李菁一生的遭遇对我冲击很大，一直想写篇文章把我内心强烈的感受说一说，又怕说得不好，造成对她的伤害，所以迟迟不肯动笔，金圣华、胡晴舫和龙应台都极力鼓励我写下来，她们都说把你跟我们讲的故事写出来就成了。

看完白老师的书，我茅塞顿开，文思泉涌，开始写《高跟鞋与平底鞋》，把在脑子里来回思索了两年的李菁故事一口气写完，《闺密》写好友施南生，也只花了两天时间，每篇三千多字，之后又写了《知音》胡晴舫。想到要出书必须有篇自序，再加一篇《无形的鞭子》，平常一年一篇，现在竟然一个月写出四篇，能够写得如此顺畅，实在也是因为拜读了白先勇老师的书所致。

天地图书出版社要我把所有文章传过去，算算共有多少字，

二〇一八年，金圣华与我（图片提供：香港中文大学善衡书院）

我集结了二十篇，有约三万字，我说太少，社长建议我请几位朋友写我，再补写几篇陆、港、台都熟悉的人物，加上数十张照片，内容便很丰富了。于是我想到熟悉我的好友施南生、胡晴舫、江青。她们都说前两本书写我的是白先勇、董桥、章诒和、金圣华、蒋勋、琼瑶、马家辉这些红牌作家，她们怎么敢写。“他们是红牌作家你们是红颜知己啊！”我说。江青姊两天内就写出一篇文情并茂的动人文字。南生从来没有发表过文章，感到压力很大，晴舫公务繁忙，我也不催促。现在统统交稿了，都是真性情之人，字字情真意切。

黄心村正忙着香港大学张爱玲百年诞辰纪念文献展，百忙之中也肯加入阵营为我写上一笔。赵夏瀛医生和张一君律师虽然只见过一次面，但因为公益活动和对于写作的爱好，就都连在一起了，他们各自主动为我写了一篇文章。我好好珍惜地把这些朋友的话放在《镜前镜后》里，希望能跟大家一起学习和成长。

回忆起初识圣华是SARS袭港的时候，今年更是新冠疫情席卷全世界，前后十七年，她总是我最初的读者。没有她的鞭策，不会有《窗里窗外》，不会有《云去云来》，也不会有《镜前镜后》。永远记得，十几年前我们挽着手，漫步于又一城商场地下室的Page One书店，浏览书架上的书，圣华说："想想以后这书架上有你两本书，那有多开心。"我扑哧一笑："这是不可能的事。"数年后在那长长的书架上，看到《窗里窗外》和《云去云来》，我凝望着那两本书许久许久，真是各种滋味在心头。我的《镜前镜后》在我今年生日出版，算是给自己的生日礼物，也好在疫情中跟大家分享我思、我想和我描写的人物。

前几天早上我把刚改好的《知音》传给圣华，她醒来打给我："青霞，这篇文章改过以后简直好得受不了了！"我咯咯咯笑得好开心，跟她聊起我的学生时代，初中联考考不上只能读夜间部，高中联考考不上只能读私立学校，大学联考考不上只能拍电影。有一次跟朱经武、龙应台和董桥在太子大厦的Sevva西餐厅晚餐，他们三人一个做过香港科技大学校长、一个做了台湾第一任"文化部"部长、一个是报社前社长，都是台湾成功大学毕业，聊起他们的大学生活话题不断，看他们那么开心，我说真遗憾没读过大学，他们听了异口同声地说："你要是读大学就完了！"我一时愣住了。后来想想也是，求取知识不一定要在大学里，生活中随时随地都可以学习求长进。圣华非常惊讶我的联考经历，她是从小就读那种我做梦都不敢想的名校，最后还在巴黎索邦大学拿到博士学位，她怎么能够体会我这落榜小子的心情呢。

从小书读得不好，现在却以读书写作为乐，万万没有想到，我的文章竟然得到许多知名大作家的赞许，我当是拿了文凭，这也印证了我一生坚信的座右铭："有志者事竟成。"

白先勇跟金圣华说，青霞现在真是作家了。

二〇二〇年四月十八日初稿写于澳洲农场

二〇二〇年九月二十二日于香港定稿

# 男版林青霞

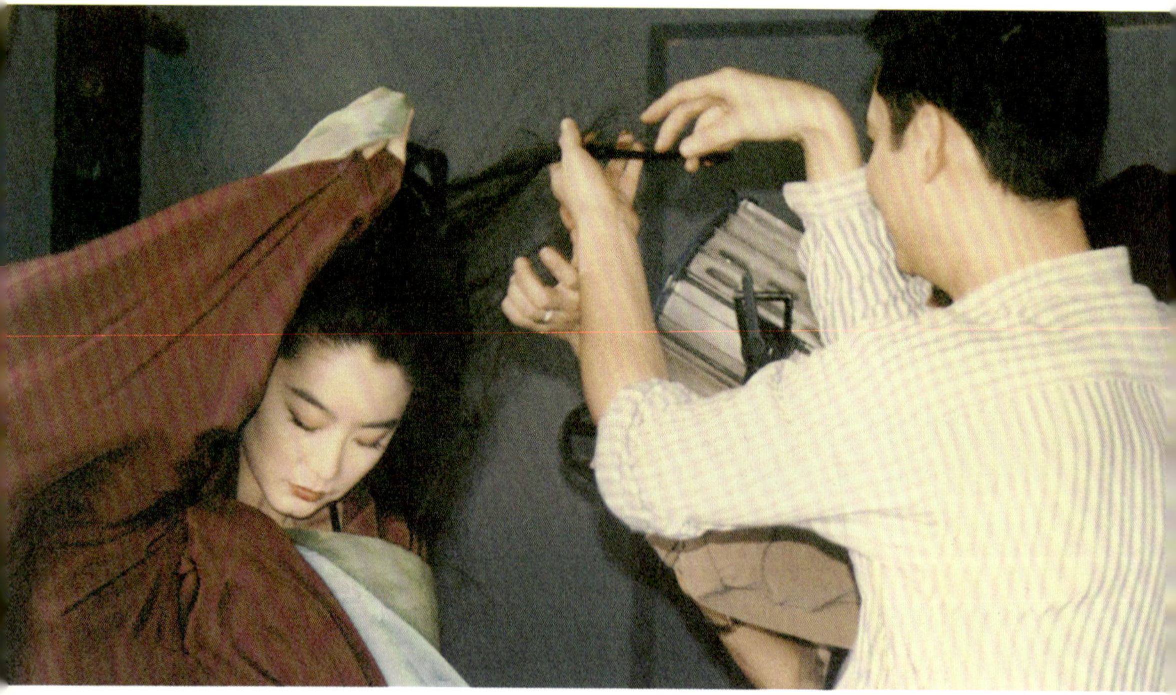

张叔平与我在拍摄《东方不败》歌曲的音乐短片

我最亲近的男性朋友是张叔平，相信他比我的家人更了解我。我们总是呵护对方，是那种两肋插刀、互相扶持的朋友。

一九八〇年在美国加州拍《爱杀》时认识张叔平，一见到他就有似曾相识的亲切感。那段日子，叔平每天脚蹬一双又脏又旧的白球鞋，一件不起眼的军绿短风衣，男明星觉得他那件风衣好看，也要去买一件，原来那件是名牌Giorgio Armani，价钱贵得不得了，男明星咬着牙买下来了，我问叔平既然穿那么贵的衣服，为什么不买双新球鞋，他说他喜欢这样。谁知道几十年后，潮流居然时兴起又脏又旧的球鞋来。

至今四十个年头，我们的交往没有间断过。我在香港拍的电影百分之九十的造型是出自他手笔。我出的三本书都是他设计的。在拍摄电影中等候打光时，我们常常瞎掰，有一次我说："我将来如果嫁给一个很有钱很有钱很有钱的老公，你来帮我装修。我要洗手间地上铺满厚厚的黄金枫叶，你到我家来我就捡两片金叶子给你。"我们两个越讲越觉好笑，就这样说说笑笑消磨了不少快乐时光。

日子一天天过去，三十九岁那年我嫁到香港，婚后家里的装修理所当然是张叔平设计的，虽然洗手间地上没有铺满金色的枫叶，但在他生日那天我送了两片枫叶作为他的生日礼物。我六十岁那年先生送了一间公寓作为我读书、写作和招待朋友之用。我跟叔平说，我要视线范围内每一个角落都是艺术，他做到了。走进公寓就等于走进我的理想世界，每一个眼睛接触到的地方都是艺术，他大如书桌、椅子、台灯、床铺、被单，小如刀叉、碗筷、酒杯、杯垫，每样东西都仔细到我心里去，我不时会发现他巧妙的心思。我跟他说，这个装修到我老了都不会改变。

我跟叔平无话不谈，最开心的事与他分享，痛苦悲伤时对着他流泪，他的反应也另类。年轻时有一天为感情事困扰着，茫茫然从我住的九龙新世界公寓走到北京道良士大厦按他家门铃，那天我戴着副宝蓝绲细银边的小椭圆太阳眼镜，穿着件蓝灰色大风衣，他一开门我就往他床上扑，趴在床上自言自语道出我的烦恼，过了一会儿才坐到窗前背着光的单人椅子上，他在我对面听我说话，我一边说一边热泪滚滚而下，他定定地看着我轻轻地说："你这样很好看，脸上带着笑，蓝色镜片底下流出大粒的泪珠很好看。"我挂着两行泪嘎嘎嘎地笑了起来。他又说："你刚才从门口跑到我床上，风衣飞起来的样子真的很好看。"他劝都没劝，我的烦恼已经不见了。

张叔平与我在胡军话剧《哈姆雷特》的庆功宴

九龙新世界公寓是个寂寞的居所，住进去的人都是单身，我不拍戏的时候一个人在香港真的很孤单，当年不看书、不写字也不交朋友，只知道拍戏。有一次叔平到我小公寓来，我突然想起晚上无聊时自己用拍立得（Polaroid）拍的三张照片，拿出来给他看。照片用订书机钉成一排，我一边哼着歌一边把照片慢慢地从打横的信封里往上拉，他好奇地看我搞什么花样。看完我把信封封好，小心翼翼地收起来，走进卧房换上舒服的白色浴袍，打了个电话，准备一会儿跟他聊天。出来时他已起身说要走了，我有些莫名其妙，都还没说上话呢，但他的眼神惊恐，仿佛是落荒而逃。

三十年后的一天我跟叔平和 Jaffe 在半山公寓聊天至深宵，想起那次看照片的事，便问他当时为什么突然走了，是不是怕我色诱他？他说已经忘了。我三十年前给他看的照片是从头到脚全裸的。

我参加金马五十颁奖典礼那回，他觉得我那件露肩大红礼服，上面应该罩件薄的红色雪纺披肩，遮一遮腋下的赘肉。他身在北京临时帮我做，再请人带回香港。多年来他过生日，晚上都会接到女高音唱一句："Happy birthday to you——"尾音拉得又抖又长的电话，头两年他会问："是谁？"我就哈哈哈大笑。他六十岁生日那天我唱完女高音，问他，怎样庆祝生日？他说没有庆祝。问他，在做什么？他说："在做你的披肩。"那天是他六十大寿，这个大生日，他竟然在为我的小披肩赶工。

有一阵子叔平身上长疱疹，疼痛难耐，还得陪我去服装店买衣服，等我试好衣服出来，见他歪在椅子上打盹，我心疼得想流泪，那段时间再有需要我也不舍得拉他帮忙了，他很敏感，问我是不是不想找他做，天晓得，我向来把他的话当圣旨。

张叔平塑造一个美女，漂亮还不够，气质和韵味要有，那是他最厉害的撒手锏，也是他的独门武功，别人学不来的。一九八三年拍《我爱夜来香》，他让我身穿一件黑色大垫肩、收腰、窄裙、露背、后面开衩的洋装，额前波浪脑后梳起的发型，黑色带骨透明丝袜，脚踩黑色三寸高跟鞋，妖娆中透着高贵。我这身打扮站在那儿活活的天字第一号，以前在台湾演的都是长发披肩的纯情玉女，走起路来规规矩矩，张叔平还教我怎么样扭着屁股走路。

我拍的第一百部戏是《东邪西毒》，每次到泽东电影公司就看到门外堆着几大捆颜色旧旧的布，电影却迟迟不开工，叔平忙着把新布做旧，再做得有皱褶。以前的古装戏男人一律戴头套，女人则头发梳起插上簪子，这次大创新，男的女的都披头散发，穿着旧旧皱皱的长裙，叔平颜色搭配一流，我们这些演员穿梭在陕西榆林洞窟里，形成一幅幅绝美的图画。

张叔平是殿堂级人物，人人都阿叔阿叔地尊称他，只有我是操着台湾女孩嗲嗲的口音叫他“叔平”。他在自己的专业领域里非常权威，说一不二，没有人敢不听他的，可是一旦到了领奖和

张叔平与我在《东成西就》现场

应酬场合，他便不知所措。他的心里总是住着一个害羞的小男孩，最怕和正经八百的大人交际，凡是一些官样场所或是有些不想去的地方，他会自动消失得无影无踪；如果推不掉非去不可的话，他就先把自己灌得半醉才出场，出了场不多话也不笑，像是全世界都得罪了他似的。跟他熟了以后才知道，原来他有社交恐惧症。

张叔平在海内外电影颁奖礼获得的奖项太多了，数也数不清，包括二〇〇〇年戛纳影展卓越技术大奖。二〇一四年他获美国奥斯卡金像奖最佳服装设计奖提名，我听到消息兴奋地打电话跟他道喜，却被他教训一顿："你们这些人真是的，有什么好那么高兴的，好像给外国人提名就很了不起似的，有什么不同？！"我猜肯定很多人都跟我一样声音提高八度地跟他道喜，虽然吃了一记闷棍，我内心却是敬佩他有这样的胸襟，这样的淡定。确实，他的才华已不需要别人来评定。

张叔平的手指就像魔法杖，经他一点拨，电影的层次即刻提升，演员的演出因而加分，偶像歌星脱胎换骨。所有的大明星大美女都爱他，但是，很抱歉，我才是他的最爱。

有人说我们两个很像，我们也自认为我是女版张叔平，而他，是男版林青霞，与他相知相识是前世修来的。

二〇二〇年九月

# 闺密

八十年代，施南生与我于香港

能够被她纳入知己的名单可以说是非常幸运的，尤其是唯一的红颜闺密。

一九七九年年底，我离开电影圈，在美国待了一年半。一九八二年回港，电影的大环境改变了，许多新锐导演出现，徐克是其中最亮眼的一位，他找我拍戏。我们约在九龙北京道巷子里一间叫Palm的地下餐厅见面，餐厅门打开，迎面而来的是一对非常特殊的男女，女的头发比男的短，服装新潮，男的山羊胡，艺术家气质，是施南生和徐克。他们轻松地喝酒聊天，英语噼里啪啦地，我仿佛见到不同世界的人。

施南生给人的感觉绝对是无敌超级女金刚，她腰杆笔直，服装件件有型，每次见她都好像从服装杂志上走出来的人。我跟她有约时，会刻意打扮一下，自以为蛮好看的，一见到她，就知道我输了，她总以为我是对她好才这么说。可不是嘛，有一次我们在日本一家钢琴酒吧喝酒听音乐，日本人听说有一位香港来的明星，都朝着南生微笑点头，我高兴地对坐在我旁边的南生说："他们认为你才是明星呢。"记得八三年我在嘉禾电影制片场拍摄徐

施南生与我于香港庆祝六十岁生日

克导演的《蜀山》，偌大的片场，乌烟瘴气的，打赤膊的工作人员叫嚷着打灯光，摄影师正在聚焦于我的特写，我顶着一尺高的头套，趴在高台上，整个头悬空在高台外，等待拍摄下一个镜头。正感觉无聊得厉害，把头往左一偏，突然发现一名女子一、二、三步跨进片场，在门口驻足，烟雾弥漫的片场透着大门外的强光，照射出那个窄裙、高跟鞋、短发女子长长的身影，简直是天外来人，不用想，必是施南生无疑。

施南生不算是美女，但是她的出现总会让人眼前一亮，光芒盖过周边的大明星大美女。张叔平说得传神，某次日本影展，张叔平和王家卫导演的太太正在吃早餐，施南生推门进来，她戴一副黑色太阳眼镜，一身新潮打扮有型有格，径自走到一张桌旁坐下，悠然地拿起一支烟点上，两只手指夹着烟，手肘支在餐桌上，微微地扬起下巴，刹那间张大师和大导演太太都感觉自己好渺小。

我们是不打不相识。一九八五年我拍徐克的《刀马旦》，按照计划是拍完后，就跟南生去伦敦为周凯旋的戏院剪彩，然后直接去美国。没想到计划不如变化快，去伦敦剪完彩还要回香港再拍几天戏。听到这个消息我已经老大不高兴了，没想到去伦敦坐的是经济舱，在飞机上睡觉莫名其妙地被一个小孩打了一下头，到达酒店又发现化妆箱被偷了，样样事都不顺心。第二天早上，见到南生在游泳池边优哉游哉地吃早餐，我就跟她抱怨，结果没说几句她就哭了起来。老兄，我气都还没出够，她一个女强人怎么说哭就哭了，倒像是我欺负了她似的。她倒也好，哭完了，眼泪一擦就陪我大街小巷地逛，又买了一个新的Louis Vuitton化妆箱送给我。三十五年了，化妆箱到现在还保留着。后来才知道原来那天是她跟徐克的结婚周年纪念日，他们一个在香港，一个在英国，因为第一次没有一起庆祝而暗自神伤。自此以后，我们开始互相体谅对方。

贾宝玉和林黛玉结的是仙缘，我跟施南生结的是善缘，因为拍摄她的“东方不败”，之后我在香港接拍了许多武侠刀剑片，因而认识我的夫婿，在香港安了家。我和Michael结婚是施南生和徐克签字证婚的，记得那天她穿了件粉红色旗袍，是那种最传统的款式。表面上她是一个现代先锋女性，骨子里却是非常传统，那天她像母亲一样，坐在我床边殷殷交代：一，要我把英文搞好，她说因为Michael是企业家，需要用英文的机会很多；二，要我把电脑学好，将来跟孩子容易沟通。

二○○三年十二月三十日凌晨三点，电话铃响，那一端泣不成声，在抽抽泣泣、断断续续声中我听见南生说梅艳芳走了，我耳朵紧贴电话。“哭吧！把所有的悲伤都哭出来吧！”我说。她哭了好一阵子才挂电话，之后我睡觉就梦到南生和梅艳芳，第二天起床偏头痛痛得厉害，脑神经一跳一跳地痛了好几天，我想是因为分担了她的极度哀伤而造成。这通电话让我知道自己已入了她知心朋友的名单，因为她是那么的要强，决不轻易把脆弱的一面展示给外人看。

金庸先生说得好，南生是唯一的对老公意乱情迷的妻子。她是百分之百的痴情女子，将自己奉献给她心中的才子，她崇拜他，保护他，把他当老爷一样地服侍，她最高兴的事就是徐克高兴。情到浓时她跟我说，徐克是个艺术家，他需要火花，如果一天有个女人可以带给他火花和创作上的灵感，她会为徐克高兴。有一天那个女人真的出现了，她还是会伤心，我想尽办法安慰她，她唯一听进去的话，就是，“把他当家人”。从此她收起眼泪，表面上看不出她的痛，照常跟徐克合伙拍片，照常关心他，照常帮他

施南生与我欧游

安排生活上的琐事。但她形单影只，有时候跟她吃完晚饭送她回家，我在车上目送她瘦长的背影，踩着酒后不稳的步伐走进寓所，直叫我心疼不已。

施南生在影剧圈呼风唤雨，在陆、港、台监制了许多引领潮流的大片。她带领了港式喜剧潮流，代表作有《最佳拍档》《我爱夜来香》；她带领了社会写实片，最轰动的是《英雄本色》；她

（左起）施南生、郑雨盛、
我和 Kim Robinson 于意大利乌迪内

带领了拳脚片，以李连杰主演的黄飞鸿系列为主；她带领了武侠刀剑片，以《笑傲江湖之东方不败》为首。大陆电影市场开放，她以最新技科监制了许多 3D 电影，如《狄仁杰》系列。

二〇一七年二月十日，施南生获得第六十七届德国柏林国际电影节颁发“柏林金摄影机奖”（Berlinale Camera），这是一项类似终身成就奖的殊荣，表彰国际上杰出的电影制片人，南生也是有史以来第一位获奖的女性制片人，这是她一生的最高荣誉。早在二〇一五年五月，南生已经拿了意大利第十七届乌迪内远东电影节颁发的“金桑树终身成就奖”，巧的是二〇一八年四月二十二日，我也获颁了同样的一座终身成就奖，南生站在当年她领奖的舞台上颁奖给我，这对我们二人都意义非凡。二〇一三年十月，南生获法国政府颁授法国艺术与文学军官勋章，我带着三个女儿到法国驻港领事的官邸分享她的荣耀。她一生获奖无数，不胜枚举，每一次领奖她必定会感谢一个人——徐克。

南生不喜用“闺密”二字形容友情，我也不喜欢“闺密”这个新词汇，但是我跟她旅行经常睡一张床，大被同眠，半夜三更聊起各自的初恋情人，咯咯咯的大笑声在空气中荡漾。她是做事的人，不会在电话上聊天，也被我训练得一聊就是半个至一个钟头，这样的友情也只有“闺密”二字可以形容了。我上台怯场，二〇一八年香港国际电影节为我举办了“林青霞电影展”，三月三十一日，施南生和我有个对谈，她事先在家里做好功课，到了现场时跟工作人员说她只是陪衬，要他们把我的灯光打好就行，不用管她。我知道她会保护我，放心地把自己交给她，那是我这辈子做得最自然、最成功的一次访谈。

南生是个出了名的孝女，施伯母卧病在家调养期间，南生服侍得无微不至。每年伯母生日，我们一众好友都会到施家吃福临门酒家到会的菜。伯母爱打牌，南生下了班就陪伯母打几圈，但她从来没有出去打过。有一次杨凡过生日，在中餐厅举办一场麻将比赛，她应邀参加，我们二人一同前往，她一派上海高贵淑女装扮，手上挽着皮包，一面走着一面微微害羞地喃喃自语：“从来没有跟别人打过牌，现在居然去餐厅打，还要比赛，真是不敢相信。”我暗自偷笑。那天有四桌，我跟南生、张艾嘉、贾安宜一桌，张艾嘉不停地放炮，南生独家大赢，她很过意不去，拼命地放张给艾嘉，不料越放还越旺，有一副牌简直是奇牌，十六张牌她杠了五杠，手上只剩一张牌，最后还自摸了。这把牌大得不得了，对对和的五暗杠。结果她得了麻将大奖，奖品是黄金做的“中”“发”“白”三颗大麻将。我跟她说：“这是孝感动天，老天让你得奖回家讨妈妈的欢心。”

施南生把我的女儿们当成自己的儿女在爱，女儿们也当她是第二个母亲。她想到自己十六岁时去了一趟非洲，令她眼界大开，因而影响了她的一生。在爱林十五岁、言爱十岁那年，特别为她们安排了一趟南非之旅，让她们在大自然里近距离接触狮子、老虎、大象等野生动物。她冒险地带着孩子们搭乘热气球，从空中俯瞰地面景物，感受置身云层的滋味。参观南非总统曼德拉住过的监狱，听导览员讲述他在狱中的大爱精神和坚韧毅力。她一再强调非洲之旅，对于拓展孩子的世界观会起很大作用，她们会永远记得这个旅程。

旅途中有一天爱林若有所感地轻声问我：“妈妈，南生阿姨会不会很寂寞？如果阿姨有需要，我愿意亲身照顾她。”言爱在母亲节会多送一份礼物给她，并附上一封文情并茂的卡片，那封信比写给我的亲多了，南生看了感动得流泪，珍而重之地收藏着，我一点也不嫉妒。她们知道我在写南生，言爱说：“你一定要把她的优雅写出来。”爱林说:“希望你把她的漂亮和她内心的爱写出来。”

不认识施南生的人或者会感觉她高不可攀、难以亲近，如果进入她的内心世界，你会想象不到她内在的温柔和情意，这跟她酷酷的外表完全两样。她有一套独门武功，只要兴致来了，她会用英文模仿德国、新加坡、印度和中国大陆、香港空中小姐的广播口音，加上各国惯有的动作、表情，演得惟妙惟肖，次次都引得满场拍台拍椅地轰然大笑，并且数十年来屡试不爽，这是她的“葵花宝典”。

施南生关怀社会、同情弱势族群，参加许多公益活动，也担任萧芳芳创办的护苗基金副主席。喜欢一个朋友容易，尊敬一个好朋友并不多见，我对南生是超越了尊敬。尤其是听到她说，她已签了同意书，决定身后把器官捐献出来做医学研究，其后化做春泥滋养花树的成长。她把她的爱献给了徐克，把她的聪明才智献给了电影事业和社会大众，未来还会毫不吝啬把她的身体献给宇宙大地。

施南生叱咤风云凡数十年，我真希望她能退下火线，轻轻松松过她喜欢过的日子，如果还能享有那么一点浪漫情怀那就更好了。

二〇二〇年六月

# 知音

二〇一九年，胡晴舫与
我于新加坡（余云摄影）

世界这么大，地球上有七十多亿人，我刚好在那个时间点与她交会。

两年多前，我跟金圣华到九龙文化艺术中心听莫斯科交响乐，圣华去柜台拿票，我为了躲避人群，站在稍远四下无人的地方。没多久，听到身旁有一女声："对不起！"我以为是有人找我签名或拍照，回头见到一位直发齐肩、身材苗条、黑色衣裙打扮的女子。她自我介绍是台湾光华新闻文化中心主任，遇到我礼貌上应该跟我打个招呼。之前几位主任我都见过，她是新上任的。最让我觉得有趣的是，她拿出一张名片："我可以给你一张名片吗？你看起来这么优雅高贵。"好像一张名片会破坏我的优雅高贵似的，我感觉她谦逊得可爱，马上接过名片："当然，当然。"那天我一身米白针织短袖上衣，同质地贴身长裙，胸口别了一大朵粉紫色花别针，手上执着象牙色缎子小布包，脚踩米色蕾丝鞋头镶钻平底鞋。老实说，平常我也没那么优雅高贵。她说她写作二十年，出了许多书，我眼睛一亮。因为自己喜欢写作，跟作家特别有话聊，原来我们还有一位共同的朋友，马家辉的妻子林美枝（笔名张家瑜）。

回家之后念念不忘这名黑衣女子，她有一种魅力，让人想亲近她，想为她做些什么。我主动找林美枝约她出来喝茶。她喜欢走路，又住得离我很近，我们经常相约午后绕着山顶一圈两圈地走，有时候行完山会坐在山顶餐厅花园，欣赏夕阳、薄雾、微雨谈天说地。那时候有一部电影《以你的名字呼唤我》（*Call Me by Your Name*）获得美国奥斯卡电影展多项提名，我们两个都喜欢这部戏，对两位男主角更是着迷得不行。她是戏剧学硕士，在山路上会跟我分享这部电影值得欣赏的地方，我们谈每一个角色，谈论他们的演技，讨论电影里的对白，谈配乐，谈演员的真实人生，两人沉醉在《以你的名字呼唤我》。前所未有，我看了接近十遍，她看了超过十遍，我们有了共同的语言，距离也很快地拉近了。

她形容我们的感觉像儿时玩伴。我们会在台风过后像孩子一般，穿梭在倒塌凌乱的树干间，摇着树叶拍短片。我们去日本旅行，她带着我从东京搭地铁再转巴士到镰仓去看海，她带我去三层楼高的大书店里喝茶，我们坐在浅咖啡皮的巨型旧沙发上翻书，旁边小桌一座昏黄的台灯照在书页上，前面长桌茶杯里冒出的热气往上升，我们二人愉悦地沉醉在书香的世界里。去日本旅行无数次，从来没有做过这些事，有她作伴，在哪里都是愉快的、长知识的。我说她是我街上捡来的朋友，她说我才是她街上捡来的，就是因为互相捡到，做朋友才没有负担。

无论如何她也是代表台湾在香港的文化官员，通常像这样主任级的人物，出入都会以小轿车代步，我看到的她，出入搭乘的不是地铁就是巴士，从来没见过她坐轿车，一身黑色便装，配一个黑背包，永远是一双球鞋，表情像桀骜不驯的文青，偶尔戴着圆圆的近视眼镜，就像个女徐志摩。有一次见她穿一件藏青色长到脚踝的大衣，缓缓向我走来，配上齐耳的直发和惯有的表情，俨然一名女武士。

她第一次到我家，发现我书架上的书、卧室床头的书、洗手间里的书，惊喜地说："我可以拥抱你一下吗？想不到你有这么多书。我发现你看的都是老作家的书。"她不说我还不觉得："哎，对耶，你是我藏书中最年轻的作家。"

她的短篇小说《悬浮》让我惊艳，每篇都有意想不到又惊心动魄的情节，几乎篇篇都自然地谈到死亡，让你体会到死亡确实也是生命的一部分，无须害怕，也不必惊讶。看她写的《人间喜剧》，每一篇都是一个剧本，镜头都好像分好了似的，书名是喜剧，内里却隐藏着浓厚的情感和人生哲理，看了会心微笑，我爱不释手，即刻介绍给姜文，好导演应该与好题材相遇。她最新出的一本长篇小说《群岛》，是以网络为故事结构，书写网络时代带给人类一些不可预测的情结，最终那错综复杂的网又自然地联结在一起，非常接近时代的脉络，对我可以说是好好地上了一堂互联网课程。《群岛》获颁二〇二〇年台北书展小说首奖，同时入围香港"红楼梦奖"最后决审。她的作品涉略的范围又多又广，有关于办公室的小说、有关于女人的故事、有旅游的思考、有关心社会议题的，我越挖越深，越看越觉得她高大，在她的作品里、在她的为人处世中，我认识了文人的风骨。

前阵子，有位藏书家朋友林冠中送了几本日本作家太宰治的书给我，我读了惊艳不已，跟她分享。她滔滔不绝地告诉我太宰治最出名的代表作是《人间失格》，他的名言是“生而为人，我很抱歉”，他和女人们的关系，他一生自杀六次，三十九岁自杀身亡。我赶快再去多找几本来看，突然发现原来太宰治有一次跟一名女子跳海自杀，女人丧命而他存活了下来的地方，就是我们在日本看海的镰仓，这不就是《群岛》的主题吗？世上所有人终于是相连的。从此我们又有了一个共同着迷的作家了。

虽然拍过一百部戏，从来不认为值得拿出去做个人电影展，

胡晴舫与我

所以海内外的邀约都被我推掉了。她提议在二〇一八年的香港国际电影展举办“林青霞电影展”，我没有多加考虑就答应了，是因为跟她有关，我希望她在光华新闻中心任期内的工作有我的参与。她推广台湾文化不遗余力，为香港带来台湾的京剧《快雪时晴》、林强的音乐、蔡明亮的电影和艺文讲座，场场爆满，办得有声有色相当成功。

二〇一九年台湾文策院邀请她回台担任院长一职，推广台湾文化到世界各地。在我眼里，她是一个国际旅人，有宽广的世界观，以她从事文化工作多年的经验和对社会的关怀，这个位置舍她其谁。虽然少了一位知心的行山伴侣，但想到她将身负重大的使命，我也非常鼓励她回台。

常常心中暗喜，上天赐我一个知音。我亦不负上天所望，让这份缘在今生开花结果。

二〇二〇年六月

# 江青总是在笑

江青与我于武夷山天游峰峰顶（柳浩摄影）

这里是凌晨四点半，那里是晚上九点半，二〇二〇年三月二十六日。我在澳洲，江青在瑞典，刚通完微信，她要我为她的书写序，我一口答应，在躲避新冠病毒的日子里，我也不是看书就是写字。

和江青见面次数不多，自从双方交换微信之后，经常通话，虽然我们年龄有点差距，生活圈子也不同，但我们却有说不完的话题，她人生经验丰富、见多识广、热爱创作，在她的言谈中，我认识了许多杰出的艺术家和德高望重的文学家，也对她的做人处世哲学感到钦佩。她在瑞典家中避疫期间写了好多篇好文章，又催生了一本新书，在取文章的题目和书名上，她是挺相信我的，这本书她原想取名《唱我的歌儿》，我说太孩子气，不如用《我歌我唱》响亮点。

以下是去年跟她旅行的一些记录和对她的印象，就以此篇作为《我歌我唱》的代序。

江青一身是故事。

她十六岁离开大陆，十七岁在台湾拍了第一部电影《七仙女》。那年我九岁，跟邻居大姐姐好不容易挤进台北县三重市一家旧戏院里，在人群中站着看完整部戏。我喜欢看电影，喜欢美丽的电影明星，看着七个仙女从云雾里飞舞着下凡尘，好生羡慕，当时心里在想这个饰演七仙女的江青，仿佛在天上的云层里，是我永远无法接近的。

《西施》剧照

她演《西施》的时候我读初中一年级。《西施》是花费巨资的大制作，有许多盛大的战争场面和宏伟的宫廷布景，又是大导演李翰祥执导的，六十年代初在台湾相当轰动，几乎是所有学生必看的电影。经过了半个世纪，有许多画面依然记忆犹新。如西施在河边浣纱的出场、西施第一次见吴王夫差因心绞痛皱眉捧心的画面、为取悦吴王在响屧廊的楼梯上跳舞的画面、吴王被刺西施因为与他日久生情一时不能接受而伤痛欲绝的画面。那个时候江青简直红翻了天。刘家昌带她到台湾大学附近巷子里吃牛肉面，大明星觉得有趣；刘家昌买了一枚八十元的戒指向她求婚，大明星觉得浪漫，她在最红的时候嫁给了刘家昌。

《西施》剧照

她二十岁结婚，二十四岁就离婚了。那是一九七〇年的事，报纸天天大篇幅报道他们离婚的消息，新闻是热闹滚滚、沸沸扬扬，有一张刘家昌含泪抱着四岁儿子冲出记者招待会的照片至今记得。江青则完全没有回应，静静地消失了，自此以后江青就像人间蒸发了一样，再也没有她的消息。

一九七八年我和友人及密宗大师林云去纽约旅行，有一天早上有人按我旅馆房间的门铃，我睡眼惺忪地起床开门，简直就像做梦一样，眼前见到的，居然是下了凡尘的七仙女，居然是美若天仙的西施。我半信半疑地问："你是江青吗？"她微笑地点头，说她是来找林云大师的。我们在房里等林云从隔壁过来时，一时不知该说些什么，她先开口问我贵姓，我说姓林，她说，你是林云的妹妹？我说不是，我是林青霞。她恍然大悟，忙说："对不起！对不起！"那年她三十二岁，已是杰出的现代舞蹈家，我二十四岁，已经拍了七年的电影。自此又过了许多年。再度见面时她六十多我五十多。那次龙应台在港大的沙龙有一场罗大佑的演讲，应台说江青会来，我很高兴又有机会遇见她，那是我们第二次见面，

江青与我在往深圳的火车上，好心人拍摄

江青与我于金门播
音墙前（柳浩摄影）

这次我们聊得比较多，也很投契，从那时候起，我们有了来往。

人生的际遇非常奇妙，我们两个电影人竟然写起文章来，而且两个人的文章经常在星期日报纸的“苹果树下”和《明报月刊》相会，在大家文章刊登出来前，已经互通电邮先睹为快了。

江青是个崇尚艺术创作的电影演员、舞蹈家、作家，她非常勤奋，即使七十高龄仍然不停地创作，已经出过好多本散文集，更写了一本她老师的传记小说《说爱莲》，最近还自己提笔写剧本，希望有一天能拍成电影。我说她像苦行僧，所有得到的成就，都是一步一脚印流血流汗得来的，她说她像搓板，所有的成绩都是自己辛辛苦苦一点一点慢慢搓出来的。她在人生旅途中接触过许多杰出的企业家、艺术家和大学问家，有时跟她聊天不经意地聊起一些名人，令我惊讶的是，这些人大部分都是她相识多年的老朋友。她爱说故事，我爱听故事，这些大人物的小故事透过她的笔尖，特别生动、传神、有趣。她写李敖的少年轻狂和如何度过口袋空空的日子，好看极了。她写大学问家夏志清的天真、诙

与江青于武夷山天游峰山顶（柳浩摄影）

谐和口无遮拦，令人捧腹大笑。有一次江青专注地在舞台上跳舞，被观众席里夏志清响彻云霄的一声“好！”吓得魂飞魄散而忘了舞步。

在她第二任先生比雷尔去世十周年后，她写了一本书《回望》，追忆他们的相识、相知和生活的点点滴滴。比雷尔是瑞典科学家，他们在朋友家初次相遇时，比雷尔教她把“啤酒”和“耳朵”的英文字连在一起念（Beerear），那就是他名字的发音。她则把刚在瑞典演出期间观察到的社会现象说给他听。那个聚会，二人都给对方留下了深刻的印象。所以才有纽约的七仙女从天而降，西施站在我房门口的画面。因为他们要结婚了，第一次婚姻带给她太大的伤痛，谈到婚姻她还是有阴影和恐惧，所以想找林云大师解一解。大师说，我可以教你，但是你一定做不到。林二哥教她下飞机时要先踏出左脚，结果出机门时被后面的人一挤，也不记得是先踏哪只脚。她想这么简单的事，下次一定记得。他们是在瑞典驻葡萄牙的大使馆注册结婚的，刚巧瑞典大使是比雷尔的朋友，大家一见面惊喜地打招呼，又忘了是哪只脚先进去。

不管是先出左脚还是先出右脚，从她的文章里可以看出，她第二次婚姻是幸福的，他们生了一个儿子，三人住在一个属于自己的瑞典小岛上。比雷尔喜欢打鱼，这个研究血液凝固的科学家，渔网和工具、打鱼的技巧和数量都不输给专业渔民呢。幸福的日子总是过得快，比雷尔因病去世，江青转身写作，出版了五本书。去年，在比雷尔逝世十周年，她写了一本《回望》怀念他，思念之情溢于言表。岛上有一块大石头桌面，是他们享受快乐时光用的桌子，现在变成比雷尔的墓碑。

江青开始用微信，我们连上了线。自此，一个瑞典、一个香港，经常在夜深人静的时候，她一杯酒、一个电脑写剧本，我一本书、一支笔看书画线写文章，偶尔停下来聊聊天，经常聊到她入了夜，我天亮了，双方才关灯睡觉。

江青想去厦门、鼓浪屿、金门、武夷山，我说："好，我跟。"她说搭高铁去厦门，我说："好，我搭。"她说叫我自己坐火车到厦门，我说："我带保镖。"她说："不准！"情愿到香港陪我一起去。其实我对这些地方一点认识都没有，只是想跟江青一起出游，她说怎么样就怎么样，她说住翁倩玉老家的古屋，我把毛巾、牙刷都带着。朋友都吓我说这个时候天气太热，蚊虫又多，有人送迷你风扇，有人提醒我带蚊怕水。我只是一脑门子跟江青出游。

七月二十五日，我们一个六十四岁多、一个七十三岁，两人拖着三个行李，七十三那个一拖二，一马当先，走得飞快。六十四那个拖着一个行李紧紧跟随，过了一关又一关，好不容易到了火车边，车已关了门。我们望着慢慢开始启动的火车，茫茫然，心想，这火车真是准时。因为当天已没有直达厦门的火车，我们只能到深圳转车，还不知到时有没有票，到了深圳还得出闸买票，只有走一步算一步。两人好不容易坐进前往深圳的火车，正神情惘然地喘着气，只见前面一男士拖着手提行李进车厢，他认出了我，说刚在飞机上看我的电影。这位好心的男士，一路帮我们打听可不可以网上购票，又带我们出闸，帮我们找买票的窗口，我们二人就跟着他走，直到一切安排妥当他才离开。

从来没去过厦门，只是学生时代，老师带我们去金门，用望远镜遥遥地看到厦门的农夫在田里工作。这次到厦门，见到这城市非常现代化，绿化也做得好。街头两旁绿油油的树，地上一张纸屑都没有，食物也好吃。晚上江青的画家朋友吴谦，贴心地安排我们入住一个非常特别的地方，隐私性极高，车子开进大闸，古雅的街灯映照着车外两旁的草地和巨树，要开一段路才见到右边的一座房子。上了二楼只见中间一个大客厅，一边一个大房间。厅外还有一个空着的小房间是给随从住的。半夜三更我们洗完澡换了睡衣，准备开一瓶吴谦预备的红酒谈谈心。二人轻松地走出房门，两边的门“啪！”的一声关上。“糟了！房卡插在房里的墙上，门自动上锁，客厅竟然没有电话，我们手机又在房里，外面黑鸦鸦一片，整座楼就只咱俩。”我说看样子只有睡客厅了。二人还是摸黑走到楼下，突然发现一座米白色的电话，我赶快拿起电话，幸好有人接。“喂！喂！我们的房卡给锁在房里了。”一个六十四，一个七十三，一天摆了两次乌龙还哈哈大笑乐在其中。

鼓浪屿这小岛真有特色，岛上没有车子来往；许多当年留下、现在空着的富豪之家，仅供游客参观；鼓浪屿出了许多钢琴家，是钢琴之都，听说到了黄昏就有钢琴声从屋里传出来。漳州市东山的风动石更是奇妙，两块偌大的石头，接触点竟然小如巴掌，风大时，石头会动，但永远掉不下来，因此被誉为天下第一奇石，我和江青开心地在巨石前留影。

金门印象最深刻的是参观播音墙，数十个大喇叭对着厦门的方向，喇叭里传出邓丽君对大陆的深情喊话，之后就是小邓温柔悠美的歌声。听着邓丽君的广播和歌声，我和江青也同时忆起自己当年和她交往的日子，以及到金门的情景。

武夷山，山明水秀，导游说当地有二十万人，人和蛇的比例是一比五，我说那表示这儿有一百万条蛇啰。晚餐桌上想当然而有蛇上桌，也品尝了闻名的武夷山大红袍茶，酒醉饭饱，朋友提议不如散散步。虽然听到几声散雷，心想不碍事。没想到走了一会儿，突然下起暴雨，狂风骤雨来得急，我们无处藏身，好不容易找到一个屋檐可以暂时避雨。武夷山脚下，望着眼前哗啦啦的大雨，隔着水帘竟然见到若隐若现的橙黄明月，好有诗意。这时候真想作首诗应应景，怎知才疏学浅，只想到我和江青姊名字里都有个青字，我一身白衣，两人撑着一把伞，踩在随时都可能有

江青与我在金门地道里（二〇一九年，柳浩摄影）

蛇出现的青草地上，我在江青耳边轻轻说：“这时，如果有个许仙出现多好。”

听去过武夷山的人说，到了武夷山，如果不爬最高峰就不算到过武夷山，但爬上山的人就是傻子。七月天正值酷暑，顶着摄氏三十八度的高温，吴谦体贴我们，不想让我们做傻子，租了轿子爬武夷山天游峰，轿夫挑了几步，我忙叫下轿，自己登山。记得许多年前爬不丹的虎穴寺，领悟到，到达目的地的过程就好比人生的旅程，所以一路精进，衣服湿了、裤子湿了也不以为苦。我们上山，前方下山的旅客，看见轿子上我的背包，戏谑地说：“这包包倒是挺舒服的。”江青膝盖不好，不方便爬山，一路坐轿，不惯被人服侍的她，非常过意不去，我的轿夫因为我不肯坐轿也很过意不去。到了山顶吸呼天地之大气，欣赏气壮之山河，感觉真是上了天了，我和江青手舞足蹈，一人一把红扇子舞了起来。回到山下，导游说我来回总共爬了六千个台阶。真是不敢相信，平常爬上坡和楼梯都有点吃力，这会儿也不知哪儿来的力气。

这次和江青的大陆之旅，见识了许多名胜古迹、好山好水，也做了些平常不会做的事，感觉非常充实，最重要是与江青一起出游。

江青睡前喜欢喝杯红酒，这是我到她房里听故事的最佳时刻，她一身棉纱宽松长裙，起身拿杯子倒酒，见她背影，长裙飘逸宛如仙子。她灰白的自然鬈发，脸上的纹路和数十年磨炼出来的芭蕾舞脚，不用多话，这些都是故事。江青总是在笑，说到凄苦的事，她笑，那个笑声是空的，让人听了心疼。说到温馨的事，她笑，笑声甜美，也让人感染到她的喜悦。她的话语都像是分好镜头一样，都是文章、都是画面，特别吸引人。通常名人、明星说话都有保留，她跟我谈话似乎毫不设防。但她也曾选择沉默，吞下了半个世纪的委屈和苦水。身为一个母亲，我非常了解离开幼儿不能相见的痛苦和折磨，尤其是看了她写的“曲终人不见”章节里，妈妈对儿子的思念之情。这是她一生的憾事，我只能劝她随缘。我常在想，像她这样的遭遇之所以不会得精神病，或许是她把委屈和苦水化成了动力进行创作，舞出了另一个世界。金马影展五十周年，她从瑞典飞回台北颁奖，执委会觉得奇怪，怎么她飞得最远，机票钱最便宜。原来她坐的是经济舱，她说这没什么好奇怪，她从来都坐经济舱，因为她要把每一分钱都花在创作上。她说她在现实生活中一辈子没染过头发，没修过指甲。眼前这位大明星、大舞蹈家竟然如此之朴实，实在令人难以置信，我瞄了瞄手指上的蔻丹和一头黑发，一时也不知说什么。

最后一晚，到江青姊房里聊天，她手举一杯红酒优雅地坐在沙发上，那种美是她一生在舞台上、是她一身的故事浸淫出来的，我在心里赞叹着。虽然演了大半辈子戏，一上舞台就怯场的我，在这最后的一夜，怎么都得请她过两招给我，要她教我怎么在舞台上出场和谢幕最好看。她即刻起身，张开双臂从房门小跑步到客厅中央，两手叠在胸前俯首微笑。噢，我说，原来要小跑步啊？谢幕时鞠躬后要面对观众往后退，最后再转身离去。噢，我说，要这样退啊？夜深了，第二天她要赴北京为她的电影梦想《爱莲》奔走，我则回到香港的家。我与江青紧紧地拥抱后退出了她的房门。

八个月前，我和江青徜徉在无限欢欣的旅程中。自从二〇二〇年到来的前两天，李文亮吹出第一声哨子，整个世界日渐进入备战状态，所有的一切都改变了，我们没有一刻不关注疫情的发展，大家各自待在自家的范围，经常互通信息互传文章。她放下了罗马歌剧院的编舞排练，在瑞典自我隔离，但她没放下创作的热情。拿出了《说爱莲》的剧本，准备改编成电视剧；拿出了《回望》，准备在大陆出书。很欣赏她这种活在当下、锲而不舍的精神，她找我写序，当然是义不容辞。祈望二〇二〇年的新冠肺炎疫灾很快过去，世界恢复正常运作，我们也可以实现之前计划的敦煌之旅。

二〇二〇年三月二十六日于澳洲农场

# 不是张迷

如果不是新型冠状病毒袭港，黄心村会每星期做三次热瑜珈，那么我们就不会每个星期一结伴行山，我也不会有山顶八十分钟的文化之旅。

黄心村是加州大学洛杉矶分校东亚语言文化系博士，在威斯康星大学任教多年，现在是香港大学比较文学教授、系主任，非常斯文有气质，讲话不疾不徐清清楚楚。我最近几个月都在读张爱玲，今年适逢她一百周年诞辰，许多文学杂志都做她的专辑，我和心村两人互相赠送有关张爱玲的书籍，她写张爱玲，我也写张爱玲，彼此先睹为快，乐此不疲。虽然和她认识不久，但有一个共同喜欢的人物和话题，让我们在绿树成荫的山路上咀嚼张爱玲的语句、谈论她周围的人和事，消磨了许多个愉快的星期一下午。

心村有一篇文章《劫灰烬余：张爱玲的香港大学》，重新梳理张爱玲和她母校香港大学的因缘，以档案资料为佐证，还原一些模糊的历史影像，厘清一小段战乱时期的人文经验。我跟她说这个题目把香港大学说小了，应该是“香港大学的张爱玲”。她笑说她是故意的，竟然被我发现了，她是想通过张爱玲重写港大的那一段历史。余光中说，如果作家和诗人把一个地方写得好、写得出名，那个地方就是属于他们的，香港大学是属于张爱玲的。相信许多喜欢读书的人都会想在港大寻找张爱玲的影子。心村策划的张爱玲线上文献展很快会揭幕，她说等疫情过去会把港大冯平

雷兆辉摄影

山图书馆（张爱玲曾经在轰轰的炮弹声下，专心看《醒世姻缘》的地方）辟为张爱玲的展览场所，让喜爱文学的人能够爬梳劫灰，重拾烬余，再探张爱玲的经典。

心村在《光影斑驳：张爱玲的日本和东亚》一文里，对张爱玲和李香兰的世纪合影，有镜前和镜后的详细说明和分析。那张照片张爱玲坐在前面的白椅上，李香兰侍立于一旁，据张说是因为她太高，两人站在一起不协调，所以旁人拉了一把椅子让她坐下。摘录一段心村对镜前的分析："这样的构图十分蹊跷，安排张爱玲坐着，李香兰站立一旁，两个主角仍然是一高一低的，画面分布比两人同时站立更加不平衡，摄影师显然无法使两位主角的视线统一。李香兰以她一向单纯恳切的眼神认真注视着摄影镜头，而张爱玲则明显是个难以被镜头控制的麻烦角色。她的侧坐姿势挑战着镜头的中央权威，干扰了构图的平衡。她膝下露出的交叉的双腿撇向画面的左方，而她充满疑窦的眼神则又投向画面的右方，姿势中充满了矛盾和隐隐的对抗。"我初看这张照片，也觉得十分不妥。我想张爱玲是刻意要有这样的神情和姿势，因

张爱玲和李香兰的世纪合影

（© 宋以朗、宋元琳 经皇冠文化集团授权）

为下一张团体照，后面一排人站立望着镜头笑，只有她一个人依旧坐着，姿势不变，不看镜头也不笑，画面怪异而有戏剧性。这个茶宴设在上海咸阳路二号，日期是一九四五年七月二十一日，距二战终结与日本投降仅相隔不到一个月。再引述一段心村镜后的分析："在所有报道中，它皆被描述为一个众星云集的场合。至今为止，当地传媒何以对日本即将落败的蛛丝马迹如此无感，因而在帝国崩毁前夕，仍大张旗鼓为那场盛会锦上添花，其背后的原因，仍然成谜。我们唯一确知的是，张爱玲与李香兰，两位上海沦陷区的文化人代表，出现在同一张照片里。而这张照片，似乎冻结于永逝的往昔时光中，不因任何今非昔比的现实而黯然失色。"

我翻看心村给我的上海四三年至四五年的《杂志》月刊和《天地》杂志，想象着抗日战争如火如荼之时，在孤岛上海这样的乱世，张爱玲、苏青、潘柳黛、施济美、潘予且等人抓住这短暂的三年零八个月，仍能爆发出那么多犀利的文字。想到现今世界人人都感受到二〇二〇年是最令人不安的一年，心村也非常郁闷，我跟她说我们要像吴哥窟千年巨石间开出来的小花一样，在夹缝里找寻快乐的因子。我们二人互相激励埋头写作。心村就是我的甘露，让我在夹缝中得到文化滋养的喜悦。

黄心村七岁开始读《红楼梦》，比张爱玲还早五六年，当时

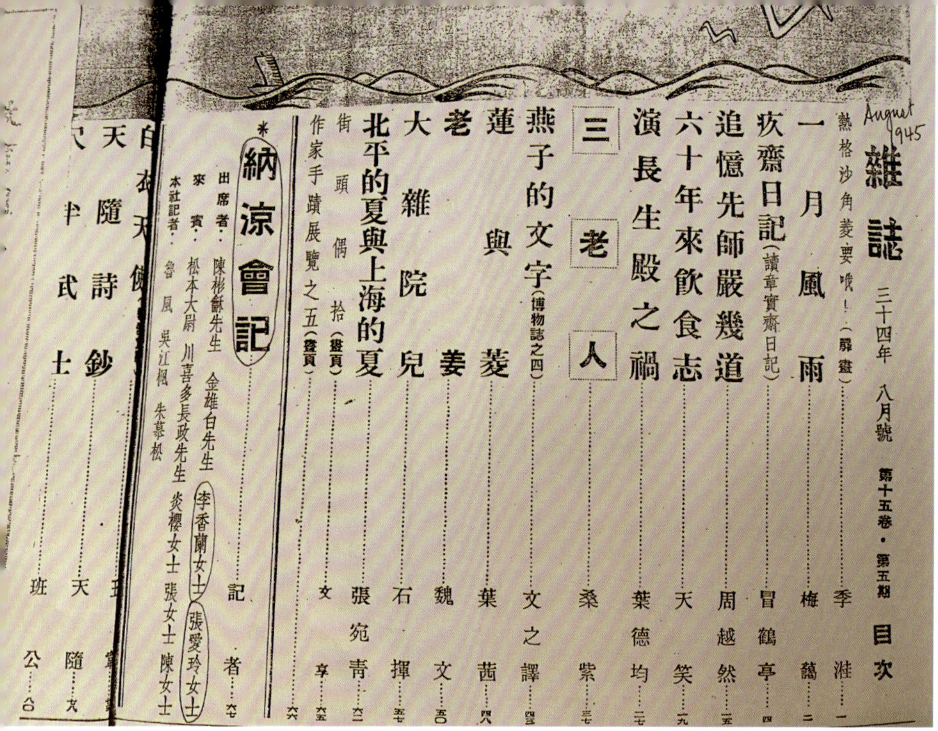
雜誌

August 1945

熱格沙角菱要哦！（靜盦）……季淮……一

三十四年 八月號 第十五卷・第五期 目次

一月風雨……梅藹……二

疚齋日記（讀章實齋日記）……冒鶴亭……四

追憶先師嚴幾道……周越然……一五

六十年來飲食志……天笑……一九

演長生殿之禍……葉德均……二七

三老人……桑紫……三七

燕子的文字（博物誌之四）……文之譯……四三

蓮與菱……葉茜……四八

老姜……魏文……五〇

大雜院兒……石揮……五七

北平的夏與上海的夏……張宛青……六二

街頭偶拾（插頁）……文亭……六五

作家手蹟展覽之五（插頁）……六六

納涼會記……記者……六七

出席者：陳彬龢先生 金雄白先生 李香蘭女士 張愛玲女士

來賓：松本大尉 川喜多長政先生 炎櫻女士

本社記者：魯風 吳江楓 朱慕松 張女士 陳女士

天隨詩鈔……天隨

武士……班公

一九四五年上海《杂志》月刊

虽然不懂，但是有兴趣。她重看不知多少回，最近还约我一起读。她是文学教授但不教《红楼梦》，也不写《红楼梦》，我猜她是把曹雪芹笔下的人物都当成了自己的家人和朋友保护着，她要把对他们的爱深深地藏在心底。她的博士论文《写在废墟》谈的是以女性为主题的文学和通俗文化，张爱玲是其中最亮眼的一位，我和心村都特别欣赏张爱玲在一九四三年至一九四五年的作品，不过心村又说，最让她震动的张爱玲作品是那部未完成的《异乡记》，是一部未完成的杰作，它是张爱玲后期写作的源头，旅途笔记有很多不是很完美的地方，但也正是这些不完美处才更能体现她独特的角度和笔触。

九十年代中期，心村在修博士学位，到上海图书馆寻找资料，苏青办的《天地》杂志、胡兰成办的《苦竹》杂志、柯灵的《万象》杂志、柳雨生的《风雨谈》杂志……沦陷上海的大小出版物她大多通读了，做了详细的笔记，并影印不少资料。她说那段时间她早上八九点就去了，一直翻到下午五点，她没戴口罩，弄得满头、满脸、满手的灰尘，中午人家吃饭去，她还在挨饿挨渴地影印，并且还要看管理员的脸色。我想象着一名纤瘦有书卷气的女学生，在满布尘埃和易碎的旧纸堆中，坚持而专注地埋首在文字里，这个画面放在电影里一定很有味道。她说为历史人物和历史文本作传，就是要沾一点历史的尘埃，吸一吸旧纸的霉味，写起来才有质感。写完博士毕业论文，她告诉自己该放手去做别的课题了。在美国学界打滚了十多年后，因命运的召唤来到港大，去年开始重新拾起张爱玲。

我见心村为爱玲花了如此大的心血，问她是不是张迷，她说她不是，也不能做张迷，这样便可以坚持站在镜后，保持距离观望。她说要想做个好的研究者，必须要有距离。

二〇二〇年九月二十日

# 情字里面有颗心

邢爱林与我（二〇一八年）

（左起）Sabrina、施南生、Thomas、我和邢爱林

从乌迪内到香港的回程中，机上的乘客多数睡着了，想到施南生这些天为了我的事，费尽心力、奔波劳累，临上飞机还因为脚肿去看了医生，必定是疲劳过度。见她的电视荧光幕还亮着，我走过去慰问她，她满心欢喜地问我："这次获得终身成就奖开不开心？"望着她闪烁着光芒的眼睛，我真心地说："乌迪内远东国际电影节颁给我这座奖，我是受之有愧，但可以借此机会感谢在电影生涯中帮助过我、影响过我的人，还是值得高兴的。在远赴意大利拿奖的过程中，我所感受到的友情和亲情才是最珍贵最值得我珍惜的。"

三个月前施南生受乌迪内国际电影节之托，请我去领终身成就奖，当时我还不知道有这个电影节，施南生说有两位意大利人 Thomas 和 Sabrina，因为看了《重庆森林》，开始对远东电影产生狂热的兴趣，于是兴起创办电影节的念头，现在已经办得很有规模，乌迪内也因此而出名，二〇一八年是电影节创办二十周年。这两个意大利人能够把远东电影成功地传播到欧洲，这种追求梦想的精神和毅力令我动容，同时我又是《重庆森林》的女主角，这是一件非常有意义的事，再加上施南生愿意陪我去，我就答应了。

本来女儿爱林要同行，结果因为学校的事必须取消行程。我和南生从香港出发，先在威尼斯待三天，再开车去乌迪内。南生事前为爱林安排的威尼斯文化活动，有金箔制作工厂，有夜晚参观圣马可大教堂，有歌剧表演，我们还是照样参加。原来24K的金箔可以吃，可以放在茶里喝，还可以敷脸让皮肤绷紧和细致，我想爱林一定会喜欢。夜晚参观圣马可教堂，教堂里一排排的灯光渐次点亮，看到铺满金箔的墙壁和天花板的镶嵌画，看到大理石地板上，各种不同颜色和形状的碎块，棋盘形排列的镶嵌工艺，就会想到学设计的爱林，如果她在，一定会有很大的启发。这次看歌剧的形式非常特别，不同的场景在不同的房间和楼层，整出戏观众和表演者换了三个地方。因为没有台上和台下之分，仿佛观众也是戏里的一分子。唱的是意大利文，我们虽听不懂，但感受到女主角的悲苦凄楚，女歌者伸出双手哀怨地对着南生唱，南生入了戏，也伸出双手紧握着她，两人含泪对望，唱了好一会儿才松手。我心想，如果爱林看到这一幕就好了。

二〇一八年四月二十日乌迪内电影节开幕仪式，走进剧院，数千个座位座无虚席，场面非常热闹，令我惊异这样一个意大利朴实小镇，竟然能吸引那么多热爱远东电影的观众。电影节除了放映我的片子，还有一些中国台湾以及韩国、日本、印尼、新加坡、马来西亚、越南、菲律宾的经典电影。

四月二十一日那个晚上，Sabrina牵着我的手从后台走出，她在台上诚恳地细说着，二十多年前看着我在《重庆森林》里，那件金黄色的风衣、那头金发、那个女杀手带给她的震撼，因此决定到香港接触亚洲电影。她致完辞，大会安排施南生颁奖给我。两年前南生也是站在我的位置获得同样的终身成就金桑树奖，她是当之无愧的，在她从事电影的三十多年中，参与过六十多部戏，大部分都创下高票房纪录，同时多次引领电影潮流。

南生一身艳红，摇晃着的两串红宝石耳环闪闪发亮，一头超短黑发，有型有格地站在我侧后方，她一心护卫着我，以备我临时出状况，可以就近搭救。

我的英文致谢辞，南生一早就起好稿录好音给我了。从来没有在公开场合发表过英文演说的我，这会儿要面对全世界说一段英语对白。我练了无数次，确保所有的the、for、that、ed、ing都念对地方。当我在台上把那段话毫无瑕疵地念完，南生悄悄地从口袋里拿出纸巾把眼角的泪水拭去，她为我的成才而感动，我得奖她比我开心得多。

我借此机会，感谢二十二年里，跟我合作过一百部戏的上千名工作人员，如果他们看到我说的话就知道我正在感谢他们，因为我记得他们。他们总是默默地工作，而把所有的光环都给了我。我感谢琼瑶姊，如果不是她写的《窗外》，现在的我不知是怎样。我感谢第一部戏《窗外》的导演宋存寿和郁正春，如果初初踏入电影圈不是碰到这样的好好先生，我的未来不知会怎样。我感谢徐克让我的电影生涯更上一层楼，我感谢施南生永远给我最真诚的忠告，让我在人生的旅途中勇敢地向前行，我感谢好友张叔平为我设计的戏服，让我的角色更有说服力。最后感谢Thomas和Sabrina把远东电影和文化介绍给欧洲人。

拿完奖致完辞应该可以下台了，我看大家都不动，这时Sabrina焦虑地抱怨献花的迟迟不上来，我还在想，迟一点点献花也无所谓嘛，何必动肝火。突然，看到一位穿着白衣黑裤的女孩，抱着一大束红玫瑰从远远的对面舞台走出，感觉上似曾相识，看仔细了，原来是我的宝贝女儿爱林，这真是莫大的惊喜！爱林向我飞奔而来,我什么明星风采都抛到九霄云外了,连连大叫:“Oh! My God! Oh! My God!”把她拥入怀里。爱林平常最不爱上镜最不愿成为焦点人物,她肯这么做,必定是她心中的爱盖过一切。爱林慌乱中把花抛给了我,南生又再次把麦克风递到我手中,我眼眶满是泪水哽咽地说,因为我的名气,让家人受到太多关注和不便而感到歉意,同时也感谢家人和观众对我的支持和爱护。

爱林的意外惊喜计划,劳动了不少人。南生一路精心策划,设定了一个群组每天互通信息,难怪我拿南生电话,她就紧张地抢回去。她安排了一位也要去乌迪内的朋友跟爱林搭同一班飞机,他们是在二十一号领奖的当天下午才赶到。爱林先被安置在另一家酒店,以免不小心遇见我。晚上到会场,大会的工作人员还把爱林锁到一个房间里,怕我开了门进去,也怕爱林走出来碰到我。这个惊喜计划,从香港起步到乌迪内的颁奖台上,真是太大工程了。他们的心机没有白费,这是我一生中最大的惊喜,我永远不会忘记。

南生的友情,爱林的亲情,都在于那颗心,原来情字里面有颗心。

二〇一八年五月

Paul Tung 摄影

Terence 摄影

致十八岁的孩子们

十八岁的我

最近收到一封刚满十八岁高中女生的来信，这个女孩是从中国到西柏林去求学的。

“十八岁是人生重要转折点，选择和决定极其关键。然而这时的我们都太迷茫，以至于多数时候难以做出正确的判断。假设世界上所有十八岁的女孩都是您的孩子，您对她们最珍贵的忠告将是什么呢？为什么？”

“亲爱的惟清小妹妹，看完你的来信，我深深地感受到你的迷茫，这又何尝不是我十八岁的感受。记得那年我刚拍完第一部戏《窗外》，正拿不定主意，将来要走哪条路。当时唯一的出路是考进大学，好好读书，但我又不是读书的料，进不了大学之门，初恋男友又逼我跟他去美国包饺子，自己最有兴趣的事却是演戏。电影公司要我到香港去宣传《窗外》，我非常彷徨，不知道该选择哪条路。如果去了香港，就等于选择了演戏这条路。还记得当时苦恼地写了三张纸条，一张是‘读书’、一张是‘拍戏’、一张是‘包饺子’，每张揉成一团，自己抓阄，整个下午抓来抓去还是决定不了，最后在白纸上写了许多‘死’字，可见我当时是多么的苦恼。

“正常来说，十八岁是读书学习的年龄，最好是进大学选择自己有兴趣的科目，趁自己记性最好、学习能力最强的时候，把握机会好好学习，为工作机会和将来的事业打好基础，这是我们那个年代的传统观念。当然也有许多没有机会读书的成功企业家，像台湾的王永庆、香港的李嘉诚，也有中途辍学的微软创办人Bill Gates，我想他们必定是选择了他们最有兴趣的工作，同时在人生的旅途中不断地充实自己。我始终相信，上帝造人，必定给予每个人属于自己的独特礼物，你必须去发掘它，并勇往直前将之发扬光大，那么成功必定不会离你太远。

“去香港之前我犹豫得几乎病倒。到了香港我一夜成名，从此就走上电影这条不归路，所以我这一生最大的转捩点就是十八岁。

“一路走来，最深刻的体验是‘要选择你最喜欢的事做’，因为这样，你会整个人浸淫其中，不怕苦、不畏难、不觉累，这样成功的机会相对比别人高。

“女儿们小时候睡前最喜欢听我说‘小草’和‘蓝蝴蝶’的故事。

“一个流浪人，走了好多好多路，实在是太累太累了，于是他把背包放下，倒在草地上就睡着了，半夜里听到许多说话的声音，觉得奇怪，这么晚了，会有谁在这黑暗的荒野中说话呢？起来看个究竟，原来是小草们正兴高采烈地讨论自己在太阳出现的时候会变成什么颜色的花。每枝草都分配到自己的颜色，只有一枝最强壮的草可以自由选择它喜欢的颜色，但它一直下不了决定该要哪个颜色。流浪人眼睛都睁不开了，他昏睡过去。第二天早上，他被刺眼的阳光射醒，眼前的小草都兴高采烈地向着太阳开出自己颜色的花朵，只有一枝枯黄的小草无力地倒在地上，它到太阳出来时还没有做好决定。

“在一个湿湿脏脏的山谷里，有许多烂木头，木头上爬满了毛毛虫，它们很快就会变成白蝴蝶。有一只毛毛虫仰望着天空，天空好蓝好蓝，它好喜欢，它坚定地对自己说：‘我一定要变成像天空一样蓝的蓝蝴蝶。’它每天都强烈地渴望并不停地重复这句话。终于，有一天，有人看到山谷中一群群白蝴蝶里，有一只像天空一样蓝的蓝蝴蝶飞舞在其中。

“所以，惟清，挖掘上帝送给你的礼物，尽情地梦想，勇敢坚定地朝着你的目标，努力向前行，美好的未来正张开翅膀迎接你的到来。”

夜里，在床上，我那迷惘的十八岁女儿言爱睡不着觉，我把这篇文章读给她听，她说“我喜欢”，然后安心地睡着了。

二〇一七年一月一日刊登于台湾《中国时报》

梦
想
家

Kim Robinson 发型，陈漫摄影（二〇一七年）

你知道吗？“火药是长生不老的药。”你知道吗？“圣经是最好的散文。”你知道吗？“天鹅一觉只睡四十五秒。”这是我今年听到最新鲜的话题。

“秦始皇时代就是用火药制造长生不老药，所以火药是药。”这是烟火艺术家蔡国强说的，我信。年中马唯中请我到会议展览中心，观赏蔡国强的《天梯》纪录片，让我大开眼界。蔡国强来自福建泉州的小渔村，据说是他奶奶靠卖鱼让孙子完成艺术家梦想的。“天梯”的构想始于二十多年前，在国外试过三次都遇到阻碍，最后回到自己的故乡福建泉州惠屿岛，由四百个村民合力帮他完成“天梯”的梦想。二〇一五年六月十五日凌晨四点四十九分，他的奶奶拿着 iPad 看着她的孙子蔡国强点燃烟火的引线，霎时灿烂的烟花形成一个一个方块的梯子，一节节地登上云霄没入天际，长达半公里，历时一百五十秒，这是他送给百岁奶奶的最好礼物，传说这样能登上天堂。这是他送给家乡最珍贵的礼物。“天梯”的意义不只是完成一件伟大的艺术作品，内里包含的是孝顺、毅力、团结和对梦想不懈的追求。

“圣经是最好的散文”，这是作家兼画家木心说的，他阅读圣经一百遍。我在乌镇木心美术馆的墙上发现他有这样的说法，非常惊讶。最让我震惊的，是展厅中那个透明玻璃墙，墙上夹着他在狱中的手稿，白纸的正反两面写满了密密麻麻的字，字写得非常非常小，但每笔都很清楚，这是他在极度痛苦和孤独中提炼出来的心血。据说七十年代初，他数度被单独囚禁，关押在积水的防空洞里，他以写检查报告为由获得纸笔，写成六十六张，一百三十二页纸，约六十五万字，出狱的时候将手稿缝入棉裤里，托朋友带去美国才得以保存。墙上有许多不同凡响的句子，有一句看了令我莞尔，他说：“不要写我，因为你写不好。”木心是乌镇旅游股份有限公司总裁陈向宏从纽约邀请回来的，乌镇是他的故乡。陈向宏将乌镇打造成充满文化、艺术气息的江南水乡古镇。如果没有来过，是无法想象世界上有这样一个独一无二的奇幻之境。这里见不到一根电线杆，清澈的河水贯穿整个小镇，河边有青绿的垂柳和古旧的建筑。艳阳高照时看到湖水铺满绿叶，叶与叶之间长出朵朵又大又粉的荷花。十月到乌镇参加戏剧节，无时无刻不让你惊艳和沉醉。白天漫步于古镇的小道上，可以欣赏到街头戏剧及河边石阶上的古装美女独舞。晚上从住处走去乌镇大剧院也是一种享受，月光反射在河水、垂柳、荷花池上，照着小道、高墙及古建筑物，你说是梦境，但梦境不如它。

这里邀请的都是纯艺术的国家级戏剧，看了来自澳大利亚的戏剧《如果墙能说话》，演员个个身怀绝技，能歌能舞能跳能打能飞，没有对白，是用特技和身体语言演出六代房客的悲欢离合，把演技发挥到极致。看了立陶宛剧团演出的《我们的班集体》，故事始于二十世纪三十年代一群由波兰和犹太人组成的同班同学，从单纯的学生生活到战争爆发，班上多数犹太人被残忍地杀害，而参与杀害的有些竟是自己的同班同学，战后一些大屠杀的幸免者参加了特务机构借机报仇，最后同学分散在波兰、美国和以色列，并且都尝试接受现实。三个小时，看完内心沉甸甸的。看了由巴西来的《水渍》，这个戏涵义很深，不容易懂，舞台上一个长方形浅浅的水池，在深秋的夜晚，寒风瑟瑟，演员忘情地在水池里爬进爬出地落力演出。故事情节是跳动式的，表达方式也奇特。第一个画面，是一对穿戴体面又优雅的夫妻，正悠闲享受午后的宁静，突然间一条巨大的鲶鱼出现在庭院中，丈夫不去深究，妻子却因为这件事，回忆起不堪的童年和溺水的父亲，脑子也不停地出现音乐，她被往事折磨得痛苦不堪，已经无法回到平静正常的生活，非常卡夫卡，令我深深地感受到接受和放下是人生中非常重要的课题。看了《黑夜·黑帮·黑车》，人称三黑，是法国文学改编、美国加州的演员演出，它的表演形式和叙事方法更加奇特。剧院制作了一个容纳五十人的大盒子，观众不能携带手机入场，五十名观众进入一面开的大盒子里，由十五名工作人员在盒外推动着面向不同地点的舞台，仿佛自己也在舞台上和演员互动参与演出，像是5D电影。这几出戏风格完全不同，唯一的共同点，都是在做人性的探讨和反省。

乌镇戏剧节最初是黄磊的梦想，陈向宏也是个梦想家，两人一拍即合，共同邀请赖声川和丁乃竺夫妇助阵，加上孟京辉导演，还有木心美术馆的坐镇，让这魔幻古镇更增添了文化艺术气息。乌镇是中国的一张名片，乌镇国际戏剧节是这张名片的亮点。

“天鹅一次只睡四十五秒，四十五秒睁一次眼再睡四十五秒，这样一连也可睡八个小时。为什么？它要随时保持警觉性，以防天敌，而人类是最大的天敌。早自秦始皇时代，天鹅每年都会迁徙到荣成。”这是天鹅卫士袁学顺说的。

袁学顺，山东人，有些人称他老袁，身份是农民，住威海荣成，二十岁开始保护、照顾伤残的天鹅，四十二年来从不懈怠，仿佛这是上天赐予他的使命。

在乌镇戏剧节时，听朋友贾安宜谈到老袁和天鹅的故事，深受感动，决定带着女儿爱林去山东拜访他。在烟台下机时见到雪花片片，路边的树木、房屋盖满厚厚的一层雪，像我们小时候寄的圣诞卡。因为高速公路积雪危险，只能走一般的道路，四个小时车程，四点半到达荣成湖畔的大天鹅康复中心，天已渐暗。只见一个瘦小的背影搭着梯子在木屋上方钉一幅大红布条，上面写着欢迎林青霞的字句。之前一再叮咛不要惊动任何人，只是单纯

Kim Robinson 发型，陈漫摄影（二〇一七年）

的私人拜访，老袁还是诚意地表达了对我们的欢迎。晚上袁氏夫妇跟我们一起晚餐，想听听他说他与天鹅的故事，他却说了许多四个字四个字像是成语的句子，让我惊艳不已。朋友不是说他是个农民吗？怎么还会自创成语。他没有山东口音，字正腔圆铿锵有声地念道：“柳不退绿，鹊不离巢，鹅守瑶池，冬不来寒，雪天雷鸣，日月逐辉。”这是他送给我的，题名“青霞冬月来湖”。

他谈到最心爱的天鹅，眼睛都发光，他懂得天鹅的语言，如数家珍地说大天鹅有喇叭天鹅、咳声天鹅和啸声天鹅。每年十月中至十一月中旬从西伯利亚飞到荣成，翌年三月左右返回，飞程一个月，在天上最久是六个多小时，一个月的飞行会瘦五公斤。经过四十二年亲密的接触和观察，救助了上千只受伤的天鹅，相信没有人比他更了解天鹅。听说他画了一张地图，是有关天鹅飞行、休息和觅食的湿地。这些知识特别珍贵，我鼓励他写出来，留传下去。他一时忆述，为救一只落在水中受伤的天鹅，他会两只脚泡在水里两个小时，从离天鹅一百米的距离一边和它说话一边十米十米地接近，直到天鹅信任他，才会接受他的救助。一时叹息地说，每次抱着痊愈的天鹅放回大自然的时候，都会伤感地掉眼泪，因为他不知道这一飞走，路途中会不会再遇到险阻，还能不能再活着回来。说到那只名叫盲盲的瞎眼天鹅，他又笑着用四字成语“亭亭玉立”来形容。他把天鹅人性化了，他说：“天鹅生来高雅，绝不下跪，即使是死也得坐着死。”要跟老袁谈天鹅可能谈到天亮都谈不完，我们约好第二天去看天鹅。

零下五度，虽然是午时，太阳的热度还是抵不住寒风的吹袭，我们一行人顶着冷冽的寒风，走入空旷的湿地，天鹅见到我们有的张开大翅膀飞起，有的游走了，远处湿地和水面上镶着一层白边，老袁说那是三千多只大天鹅。九十年代有大约六千只，后来开发建屋，现在自然的湿地只剩三分之一。他非常忧心将来如果土地开发到此处，就会破坏这里的自然生态，那时天鹅就不来了。

天鹅康复中心两三百尺的小木屋，里面一张单人床，没有暖气，天寒地冻的，老袁待在那儿照顾天鹅一点不以为苦，他说只要听到天鹅美妙的歌声他就满足了。

木屋门外停着的摩托车，他骑了三十年，前面两个把手，一边各套上一只半截夹克袖子，想必是御寒用的，车后拖着自制的小拉车，用来装载玉米喂天鹅的。摩托车虽然破旧，装载的却是三十年丰富的情感和爱心，感觉就像是一件艺术品。

屋旁一个木栏杆围成个小方块，盲盲亭亭玉立地单脚站在里面，脖子好长，我用手指轻轻滑过它的脖子，羽毛柔软而丰密，难怪天鹅在零下气温还能长期待在户外、泡在水中。老袁心疼地揉搓着盲盲另外一只破碎的黑脚板。他把天鹅都当成自己儿女看待，却决不私自占有，一旦它们可以自由飞翔，他就放手。

相信蔡国强、陈向宏、黄磊、赖声川和孟京辉的梦想都已实现，但是老袁还在为他的梦想努力奋战，保住那三分之一的自然湿地不受污染，说服政府和企业家不要征用这块净土。老袁守住的那块原始湿地，右边长着高高的芦苇草，湿地是海水和河水混合成的湖水，一眼望去，湖水和地面交错着延伸，看不到尽头。午后见到天鹅翱翔在大自然的空间里，自在地觅食玩耍，又不时站立着拍打翅膀，每一个动作、每一个姿态都是一幅美丽的画面，老袁用尽生命的每一分力，希望把这些画面永远地留传下去。他说过一句耐人寻味的话：“天鹅将会陪着人类走完全程。”我望着他消瘦的面颊，闪烁着光芒的坚定眼神，心里赞叹道，这真是天鹅的守护神，也是大自然的艺术家。

二〇一七年我遇见了许多梦想家，看到了他们的成果，更坚信人生在世必须要有梦想。

二〇一八年一月一日

# 平凡的不凡

吴宝春与我

去年十一月，在台北诚品书店《云去云来》新书发布会的后台，发现两个大面包在化妆桌上，那面包圆圆大大膨膨的。“哇！看起来就知道很好吃！”饿了许多天的我眼睛发亮地惊呼。周围的人异口同声地说：“这是吴宝春面包，他在巴黎得到世界面包赛冠军。”我掰开来，一股新鲜面包的香气扑鼻而来，里面布满了龙眼干与核桃。见到最爱吃的龙眼干，我剥一小块往嘴里放，便不由自主地一口接一口地吃将起来。好友见我没有停的意思，马上叫停，请人把面包收起来，她怕我之前为了上台辛苦瘦身，到最后一秒前功尽弃。

回港时带了十个大面包分送给朋友，自己每天早起睡前和下午茶都吃几块。记得女儿小时候最爱听我讲的儿童故事《一片披萨一块钱》：“有钱的朱富比，爱好吃蛋糕。他的车上有部侦测器，十里内有好蛋糕，他都闻得到。他请司机买两块好吃的蛋糕，司机拿起蛋糕，整块塞进口，口水还没流，已经吞到胃里头。朱富比摇摇头，他说：‘这么好的蛋糕，这样吃法太不礼貌。应该先用眼睛欣赏它的外形，然后用鼻子细细把香味闻闻，再用叉子温柔地切下一块感受它的弹性，最后才送入口中，用牙齿、舌头来品味它的生命……’”我就是这样对待吴宝春面包。烤过的面包更是外脆内Q，龙眼配核桃加上吴宝春的老面，口感特别好。眼看面包快要吃完了，竟然惆怅起来，仿佛上了瘾。从来不爱麻烦人的我，居然为了面包去麻烦时报出版社董事长，人家大忙人还帮我寄了三箱二十几个到港，心想，哪天见到吴宝春，一定要开他玩笑：“你面包里是不是放了鸦片？”

二月三号到台湾一天，特别请朋友接机时带两个吴宝春面包上车，我坐进车里就像捧西瓜似的捧着大面包，从桃园一路吃到台北。朋友见我这么爱吃，拨了个电话给吴宝春，原来他们认识的，我接过电话跟他谈了许多有关面包的故事，没想到第二天他竟亲自带了三个大纸箱，里面装满桂圆核桃包、巨型的葡萄蛋糕和凤梨酥来跟我午餐。

吴宝春个子不高、瘦瘦小小，一身轻便装，带着几分腼腆，四十多岁的人看起来三十出头。席间他说识字不多，是在服兵役期间朋友教他的，这倒令我讶异。最让我动容的是他说：“我十七岁时站在‘中正纪念堂’，遥望着‘总统府’。当时想着里面住着谁啊，里面长什么样子呢？而且又这么多宪兵在看守，好威风哦。好想进去看看喔。但是，那地方不是我们这种人可以进去的，永远不可能。吴宝春你别妄想了。”之后他又说：“多年后我从‘总统府’三楼望向‘中正纪念堂’，当时心情五味杂陈，觉得很不可思议，我居然做到了，好像在做梦一样，我看见十七岁的吴宝春。”我问他为什么到“总统府”，原来他得了世界面包大师赛的冠军，马英九“总统”召见他。

临别上车前，一路走他一路说：“所以有今天，全是因为对妈妈的爱。”我好奇地问，妈妈给了他什么样的爱？他简单地说：“不怨天尤人，不放弃我们。”前一晚才听另一位成功的企业家说了一模一样的话。他们都是在穷苦的乡下长大，母亲都不识字，给儿子的爱就凭那十个字，听起来简单，却是用一辈子的时间，无怨无尤地付出。

回家翻看他送我的《柔软成就不凡》，对他有更深入的了解。他母亲虽然个子瘦小，却用劳力在凤梨田里工作，还要到餐厅兼差养育一家人。为了减轻母亲的负担，想让她过上好日子，吴宝春十七岁就到台北做学徒，一天工作十几小时，夜晚累倒在地下室的面包推车上而无人知。因为喜欢看爱国电影（包括我的《八百壮士》《旗正飘飘》），崇拜英雄，执意要当兵，却因体重太轻不够格，灌下两瓶矿泉水才勉强过关。在当兵生涯的两年中，朋友教他认字识书，因此让他的人生更上一层楼。

吴宝春一路走来，一步一脚印从台湾冲出亚洲再到欧洲，一次次的比赛中，深刻地体会到“只要肯努力，没有事情做不到”。

我跟他说："我最爱吃桂圆干，可从来没吃过这么好吃的桂圆干，润润的，一点都不干。"

"我挑选来自台南县东山乡的古法烟熏龙眼干，由老农睡在土窑边严控窑火，六天五夜不熄火以手工不断翻焙，每九斤龙眼才能制成一斤，所以很Q甜，是以木材熏烤的香气独特的正港台湾龙眼干。"

"你的面包太好吃了！"

"当你把爱、怀念揉进面团，发酵完再烤后，别人是能够品尝出爱的味道的。这是我怀念妈妈、用妈妈的爱做成的面包。"

难怪我面包百吃不厌，原来他揉进了妈妈的爱和对妈妈的思念。

二〇一五年

# 我是路人甲

数年前在施南生家聊天，听尔冬升导演说想拍一部以群众演员为题材的电影。他为了重拍《三少爷的剑》，到大陆横店看了几趟场景，见到许多群众演员在片场，和他们聊起来，有感于他们对于演戏和追求梦想的执着，而触发了拍这部戏的灵感。照理说这些演员和这种题材很难有市场，他却肯大胆地尝试，花心思为他们提供演出机会。我当时虽然没有说话，心中对他却是敬佩的。

尔冬升二十六岁那年，刚刚离开邵氏电影公司，到台湾跟我合演两部戏，一部古装武侠片《午夜兰花》、一部诙谐喜剧片《七只狐狸》，那时候大家轧戏轧得头昏眼花，古装戏拍到天亮，脱下头套就坐上我的小白车赶下一场时装片。三十多年了，还清晰记得那个画面，在《七只狐狸》的外景场地，他跟我说，他想做导演，自己写剧本，到时候请我主演。我当时怀疑，他那么早出道，十九岁主演的第一部戏《三少爷的剑》就成名了，肯定没念过什么书，怎么会写剧本和做导演呢？事实证明，多年后他编导的第一部戏《癫佬正传》口碑大好，《新不了情》又卖得满堂红。这会儿说着说着《我是路人甲》也拍成了。在他身上证实了“有梦想

《我是路人甲》剧照

就要去追求，有追求才有成功的机会”。

回想过去的演戏生涯，还真没有注意到那些群众演员呢（那时候叫临时演员）。围在我们身边的多数是化妆师、服装阿姨，要不就是导演说戏、演员对戏、灯光师打灯、摄影师运镜，真的很少有时间跟群众演员谈话，更体会不到他们的艰难。看了尔冬升执导的《我是路人甲》，对于群众演员的辛酸才有深刻的理解。戏里的“横飘”（从各地涌到横店追求电影梦的人），一个个真实的故事，导演用平实的手法把它们串成了动人的电影。记得在大陆拍《火云传奇》的时候，片场有人跑来说，一个十几岁的临时演员被火烧了半张脸，已经送去医院了。那个小女生，因为站在我旁边，所以镜头常常带到她，大热天的，穿着古装戏服，在太阳底下站了好几个钟头，酬劳却少得可怜，想到她那张清纯的脸，万一毁了容，一辈子受影响，我感到非常不安，还好电影公司做了妥善的安排。

电影反映人生。《我是路人甲》里，三个十八岁的小女生，从外地到横店和导演面谈，她们一脸的天真无邪，面对的却是不怀好意、色眯眯的导演。这让我忆起十八岁那年，一个人傻乎乎的，和大电影公司的大制片会面，他要我签八年长约，还说等我成熟了可以演性感戏，吓得我落荒而逃，结果一生都是自由演员，没有跟任何电影公司签过基本演员合约，也没有经理人，准备随时不拍，回学校读书。于是选剧本、见导演、签合约、挑选戏服都是自己来，就这样误打误撞，边走边唱地唱了二十二年，最后全身而退。虽说电影圈是个大染缸、是复杂的圈子，再复杂的圈子还是有好人，再好的圈子也未必没有坏人，最重要是能够洁身自爱清者自清。只要多多充实自己，坚持信念，勇往直前去实现自己的梦想，机会来时才把握得住。

《我是路人甲》里的群众和特约演员的演出都非常自然，就像你我身边的路人，有时戏中戏穿插其中也能恰如其分。看到片尾他们的自白，短短几个字，真实地表达出他们对演艺这条路能否成功的看法，有的有信心，有的已知足，有的对未来没有把握，有的只在乎享受过程，有的坚持努力工作。希望他们都能实现他们的梦想。

《我是路人甲》借着路人甲、乙、丙在横店的日子，记录现今中国大陆电影界的现象。电影是个梦工厂，尔冬升不但在歌颂青春的梦想，也为追梦者制造成功的机会。有趣的是，群众演员都变成了主角，而明星和导演却成了临时演员和配角。

当初我也是路人甲，在路上被路人乙、路人丙的群众演员找去拍戏，本来以为是做临时演员的，没想到却做了主角。谁知道？机会无处不在。

二〇一五年

# 高跟鞋与平底鞋

我只见过她四次，这四次已经勾勒出她的一生。

十八岁那年到越南做慈善义演，老实说那次我真的没有看清楚她的模样，不是不看，是不敢看，她太耀眼、太红了，我眼角的余光只隐隐地扫到她的裙脚，粉蓝雪纺裙摆随着她的移动轻轻地飘出一波一波的浪花，台上有许多明星，汪萍、白嘉莉、汤兰花、陈丽丽……她是台上份量最重的大明星。小时候看过她许多电影，她和凌波主演的《鱼美人》唱做俱佳，古装身段惟妙惟肖，轰动一时。十六岁就得了亚洲影后，媒体给她一个“娃娃影后”的封号。

一九七五年我到香港宣传《八百壮士》。李菁在一个晚宴上翩然而至，一身苹果绿，苹果绿帽子、苹果绿窄裙套装、苹果绿手袋、苹果绿高跟鞋。这次我还是怯生生地没敢望她，同在一个饭桌上我们却没有交谈。这年夏天，我到香港拍摄罗马导演的《幽兰在雨中》，在外景场地见到一部劳斯莱斯车，车牌号码单字“2”，就停在杂草丛生的乡间小路上，仲夏午后的太阳，照在浅色的车身上，照在车头张开翅膀弯身向前冲的女子小雕塑上，非常耀眼夺目。这车在当时是稀有的，必定是大富大贵人家才能拥有，电影圈中也只有她坐这架车。工作人员见我神情讶异，告诉我那是李菁的车。“李菁怎么会到这儿？”“她找罗马导演，她的电影公司要请罗马导戏。”“噢——原来如此。”那次我没见着她。

自此以后她就销声匿迹了，偶尔听到一些她的消息，“她电影拍垮了”，“她母亲去世了”，“她男朋友去世了”，“她炒期指赔光了”，“她到处借钱”……

记得小时候好看的电影，荧幕上一定有“邵氏出品，必属佳片”，她是香港邵氏电影公司的当家花旦，我一个从乡下来的小女生，看她这样闪烁的大明星就像看天一样，所以对她有一种特别的好奇心。

有一次我到一位姓仇的长辈家吃饭，听说他跟李菁很熟悉，我说我想见她，他即刻安排了下次吃大闸蟹的日子，那是八十年代末。这次我认认真真地欣赏了她，她身穿咖啡色直条简简单单的衬衫，下着一条黑色简简单单的窄裙，配黑色简简单单的高跟鞋，微曲过耳的短发，一对咖啡色半圆有条纹的耳环，一如往常单眼皮上一条眼线画出厚厚的双眼皮，整个人素雅得来有种萧条的美

李菁（图片提供：《明报》）

感。饭桌上我终于跟她四目交投，我问她会不会出来拍戏，她摇头摆手地说绝对不可能。那年她才四十岁左右。

九〇年后我长期住在香港，在朋友的饭局中也会听到一些有关李菁的消息，香港有些老一辈的上海有钱人，会无条件地定期接济她。

这些年，上一代渐渐地凋零了，接济她的人一个个走了。有一次娱乐周刊登载她的照片，说她因付不出房租被告。照片上服装黑白搭配，戴一副超大太阳眼镜，还是很有样子，只是神情有点落寞。

二〇一八年二月的某一日，我跟汪曼玲通电话，她突然冒出一句“李菁打电话给我”，我连珠炮地问：“她为什么打电话给你？她最近怎么样？她住哪里？你会跟她见面吗？可不可以约出来见面？”我只听见阿汪喃喃地说：“这次我不会再借钱给她。”我十八岁跟汪曼玲认识，她刀子口豆腐心，在媒体工作了数十年，现在是虔诚的佛教徒，平常省吃俭用，之前竟肯拿出六位数的钱借给她。我跟阿汪说我想写李菁的故事，文章登出来稿费给她，书出了，版权费给她，每篇文章她看过才登。

阿汪约她见面，但没有说我会出现，我提议文华酒店大堂边的小酒吧，指定一个隐秘的角落。我进去的时候，她们两位已坐定。不知为什么，我第一眼看见的是，桌底下她那双黑漆皮平底鞋，鞋头闪着亮光。她见到我先是一愣，很快就镇定下来，到底是见过大场面的人。

她穿着黑白相间横条针织上衣，黑色偏分短发梳得整整齐齐。我仔细端详着，试图找出她以前的影子，她单眼皮上那条黑眼线还是画得那么顺，这是她最大的特色，没有人会这样画眼线的。我坐下之后三人的话匣子打开，一直到她走都没有间断过。阿汪职业本色，一个问题接着一个问，她也毫不介意地一一回答。问："你现在最想吃什么？"答："虾子海参！好想念妈妈做的虾子海参！"见她喜悦的神情，仿佛舌尖上已经尝到了海参的美味，让你恨不得马上端一盘到她眼前。她脸上泛着光彩接着说："最开心是晚上到大家乐吃火锅，一人一个锅，里面有虾有肉和青菜。早、午饭加起来三十块，火锅七十块，一天花一百块很丰盛了。"

阿汪叫我看她的左手臂，我惊见她整条手臂粗肿得把那针织衣袖绷得紧紧的，她说是做完乳腺癌手术，割了乳房和淋巴，因此手无法排水，令手臂水肿。她娓娓道出手术前的心理过程，是在公立医院动的手术，因为医生认识她，对她特别照顾。手术当天，她一个人带着一个铁盒子，里面放了些东西和一张纸条，纸条上写着她哥哥在大陆的电话号码，她跟医生说，如果出了状况就请打这个电话给她哥哥。阿汪问："你有没有想过自杀？"这种问题只有汪曼玲问得出来，她说以前或者有，现在很开心，她笑笑摆

《牛鬼蛇神》剧照（图片提供：连民安）

摆手，圆圆的眼珠认真地盯着我们二人："以前演戏的事和开刀动手术的事，我都不去想，都不去想它。"最让我深思的一句话是："有钱嘛穿高跟鞋，没钱就穿平底鞋啰。"

李菁提到她的经济状况时，说人家以为她买股票把钱都赔光了，其实没有，都是一点一点慢慢花光的，房子和车子卖给了仇先生。汪曼玲曾经去过她山顶白加道的豪华住宅，家具都是连卡佛购买的昂贵欧美货，到处可见名牌 Lalique 水晶玻璃装饰。提到目前租住的鲗鱼涌寓所，一个房间放衣服，一个房间是卧室，她最担心的是付不出房租，但又不愿意去领救济金。想到王小凤曾经帮她付过一年房租，她说现在活着就是希望有一天能够报答所有帮助过她的人。

我们从下午聊到黄昏，她说要走了，我想跟她拍张照，她拒绝了。我把事先预备好的，看不出是红包的金色硬纸皮封套交给她，她推让说不好意思，说她从来不收红包的，我执意要她收下，她说那她请客好了，我当然不会让她请。

当她站起来走出餐厅的时候，我发现她手上拄着拐杖，走起路来一拐一拐的，每走一步全身就像豆腐一样要散了似的，我愣愣地望着阿汪扶着她慢慢地踏入计程车关上车门，内心充满无限的唏嘘和感慨。

见完她第二天，我和上一代红星汪玲去湾仔 Dynasty Club 做八段锦气功，我比她早到，她推门进来，脸上喜滋滋的，身上的皮草长毛被室内冷气吹得飘啊飘地飘进来。我昨日的震惊还未平息，心里沉甸甸的，这会儿两个大对比。汪玲姊善于理财，日子过得很富裕，每天想的就是吃喝玩乐。这天她非要我请她吃上环尚兴的响螺片，我们一人点了两片，结账加上小费将近三千块，平常也没什么感觉，这天特别难受。我跟汪玲姊说，我们吃这一顿，李菁可以吃上一个月，而且是早、午、晚三餐共九十餐呢。汪玲姊跟李菁是认识的，我跟她讲了李菁的近况，汪玲姊回想李菁以前到她家去借钱，她因为前一天打牌，睡到下午三点才起床，李菁十一点就在她家客厅坐着。汪玲姊起床把钱交给她后叫司机送她，李菁说："不用了，计程车在门口等着我。"汪玲姊诧异地说："这个时候你还摆什么派头！"从此她们再也没见过面。这让我想起李菁跟汪曼玲借钱发红包的事。也是奇女子一名，日子可以过不下，海派作风不能改。

和李菁见完面，总想着怎么能让她有尊严地接受帮助。她口才好，又有很多故事讲，我喜欢听故事，琢磨着每个月约她出来说故事，每一次给她一个信封。现下最重要的是先带她去吃一顿虾子海参。我跟汪曼玲商量约她出来吃饭，汪说马上过年了，过完年再说吧。

原来中国年气氛最好是在拉斯维加斯，许多香港人都到那里过年，那里是出了名的不夜城，灯红酒绿、纸醉金迷，还有特别为中国人举办的新春晚宴、歌舞表演和抽奖游戏。我在拉斯维加斯，有一天看完表演，回到酒店就接到汪曼玲的电话："李菁猝死在家中！"我"啊！"的一声："算算跟她见面也不过十天的光景，怎么就……"我毛骨悚然。"去世多日，邻居闻到异味，报了警才发现的。"汪曼玲那头传来的声音也是惊魂未定。想到她在港无亲无故甚至无朋友来往，提出愿意出资为她安葬。阿汪打听之后告诉我，邵氏电影公司会为李菁办一场追悼会，影星邵音音也挺身而出帮忙处理身后事。最后汪曼玲在台湾中台禅寺的地藏宝塔，安置了一方李菁的牌位，让她时时可以听到诵经的声音，来世能够离苦得乐。

李菁从极度灿烂到极度凄凉的一生，正如天上的流星划过天际隐入黑暗。新闻登了几天，篇幅不是很大，这一代年轻人并不熟悉她，上一代的人也只能叹息，我却伤感得久久不能释怀。汪曼玲说："她喜欢看书，你送给她的书她肯定还没看完，我们两个人应该是她生前最后见过面的人。"

在一个没有星光的夜晚，我打开手机，上Google按下“李菁鱼美人”，见她一个十六岁的小女孩，戏里一人分饰两角，一会儿是人，一会儿是鲤鱼精，时而打斗，时而边做身段边唱黄梅调，和凌波的女扮男装谱出哀怨感人的人鱼恋，简直聪明灵巧招人爱。我独自哀悼，追忆她的似水年华，余音袅袅，无限惋惜。

二〇二〇年四月于澳洲农场

# 匆匆一探桃花源

在台湾，我见到了桃花源，那是台东乡下。那里风景怡人，风吹起的稻禾像一波波绿色的海浪，车子开过窄窄的柏油路，两边的绿树随着车速向后滑动，树影在车前的玻璃窗上忽明忽暗忽明忽暗，空气中掺杂着青草的香味，那个当下，我仿佛回到了童年的时光。这里的夜晚，可以听到各种昆虫或小动物奏起高音、低音、忽长、忽短的交响乐。这里的夜晚，我躺在户外，望着满天的星斗，偶尔有流星划过天际，我兴奋地数着一颗颗流星，同时赞叹着宇宙的奥妙，感怀人类的渺小，也想起远方的亲人。

白先勇老师每个星期一在台湾大学开三个小时的《红楼梦》课程，刚巧好友金圣华在台湾，于是我带着女儿爱林专程去听他讲课，从瑞典远道而来的江青，十二月一号那个星期一正好到台北，我们就相约下午一起去台大。

听说江青姊第二天要去台东玩两天，我和女儿正好没事，就跟了去。我们搭普悠玛火车去，车程三个半小时。一行人拖着小行李，见到火车就往上冲，上了车才打听火车是不是到台东，小姐说上错了车，又说车快开了，不能下车，太危险。慌乱中江青姊按了门边一个钮，车门竟然开了，我们马上冲下车。好险！错过火车，台东之行就砸了。

下了火车第一站是到江青早年在纽约相识的画家江贤二的画室参观，山坡上树木参差，爬进小坡，里面别有洞天，一座座富有艺术性的房子沿着山坡而建，画家夫妇站在山坡上相迎，我们望着远处的海天一色，真是心旷神怡。山中的泳池边摆设的是鲜艳的大型钢铁雕塑，偌大的画室里挂着一幅幅色彩鲜明的画作，据说他是到了台东，心情开朗，所以画风也改变了。

“公益平台文化基金会”的发起人严长寿带着我们一行七人到他的朋友家晚餐，外面漆黑一片，我跟着大家进了门，入了屋才发现，这是一座品位十足的建筑，天花板很高，斜斜的大落地玻璃窗，满室的名画和巨型雕塑。女主人瘦瘦高高长发飘逸美丽动人，男主人对吃和红酒非常讲究，他在大厅开放式厨房里忙着开酒和准备一会儿吃的日本牛肉，桌上的花朵摆设很美，女主人说是院子里种的花。那红酒杯的把手好细好细，杯身好大，杯口稍小，水晶玻璃超薄，我捏着酒杯环顾四周，屋里每一个细节都

台湾台东池上（侯方达摄影）

表现出主人家的品位和心思，他们真是一对生活艺术家。

第二天严长寿安排我们在一家民宿喝下午茶，刚下车就见民宿主人夫妇从小道迎来，男人一脸笑意逗趣地对着我说：“只问你一个问题，我该怎么称呼你？”我说：“青霞！”他笑了，指着墙上四个招牌字“阳光布居”得意地说：“是我女儿写的。”我们顺着小道往上走，左边一只黑白雪橇狗、一只咖啡和黑色条纹猫，正懒洋洋地摊在屋前享受午后的阳光，女主人温柔地说：“它们是街上捡回来的流浪狗和流浪猫。”女儿一听是流浪猫，爱心大发地就往怀里抱，小猫身子软软地依偎着爱林。女主人轻声地说：“它是被遗弃的小猫，很需要安慰。”这里只有五个房间，间间素净、整洁、朴实，素材简约却有品位，仿佛跟大自然融合在一起。民宿主人态度谦和，女主人对心灵治疗很有心得，男主人幽默而健谈，一边跟我们喝茶一边大谈山中的传奇故事。他们是从台北来的，据说是男主人工作的公司倒闭，才会来到台东经营民宿，住下来才发觉他们是多么喜爱这个地方。临走前他还表演了一分钟歌剧，逗趣的是那只雪橇狗竟然拉开喉咙仰着头面对他

（左起）江贤二、邢爱林、我、严长寿、江青、Claire 和郑淑敏

一起高歌，唱完他把手一收，那狗也即刻收声，这真是一个绝佳的余兴节目。结束了一个愉快的下午，心想，就为了这对夫妇，也值得我再次造访。

晚餐是西式料理，由一对年轻夫妇打理，太太做招待，先生一人在厨房做菜，餐厅很小，只有六桌，没有招牌，因为在齿草埔，他们称之为齿草埔料理工作室。菜单第一页有行字，“将司空见惯的物品，当成未知的事情加以发现，这种感性同样也是创造性”，倒是挺值得玩味的。固定的菜式取名“秋天的森林”，因为春、夏、秋、冬都有不同的菜式，每一道菜上桌，那位身材瘦小、围着米色围裙、脸上绽放灿烂笑容的小妇人会介绍菜的做法和材料来源，菜单上并附有感性的话语，这个餐点，色、香、味俱全，每一道菜的摆设都是艺术、都是文化，让人不忍把它吃下肚。甜点则由太太做，不甜不淡恰到好处。酒足饭饱后我们请两位跟我们一起聊天，两位虽然腼腆，却大方地表达自己对食物的理念和人生哲学，他们虽有一流的手艺和技术却没有想过要飞黄腾达，也不期望到五星级酒店做大厨，情愿默默地守护着家乡这块土地，守护着这里的亲人和小小的料理研究工作室。

第三天我们幸福满满地坐上普悠玛号，回味着台东之行邂逅的四对神仙眷侣，回味他们脸上绽放的喜悦之色，他们都很出色，也都安于大隐。

台东还有许多值得回味的地方，它是美丽宝岛的桃花源。我告诉自己，我一定会再回去。

二〇一五年二月

# 我魂牵梦萦的台北

十九岁于台北永康街家中

朦朦胧胧中，不知有多少回，我徘徊在一排四层楼房的街头巷尾，仿佛楼上有我牵挂的人，有我牵挂的事。似乎年老的父母就在里面，却怎么也想不起他们的电话号码。

二〇一九年夏天，徐枫邀请我去台北参加电影《滚滚红尘》修复版的首映礼。有一天晚上，朋友说第二天要去看房地产，对看房地产我没什么兴趣，只随口问了一句，去哪儿看？一听说永康街，我眼睛即刻发亮，要求一起去。朋友知道我也住过永康街，看完房地产，体贴地提议陪我去看看我曾经住过的地方，我不记得是几巷，到底三十多年没回去过。仿佛天使引路，我径自走到永康公园对面的六巷中，在一家门口估计着是不是这个门牌号码，刚好有人出来，我就闯了进去，一路爬上四楼。当我见到楼梯间的巨型铁门，我惊呼："就是这间！我找到了！"原来梦里经常徘徊的地方就是永康街、丽水街和它们之间的六巷。顾不得是否莽撞就伸手按门铃，应门的是一名十八岁的女孩，我告诉她我曾经住在那儿，请她让我进去看看，她犹豫地说家里只有她一个人，刚才跟着我一起上楼的郝广才即刻说："她是林青霞！"

拍完第一部电影《窗外》，我们举家从台北县三重市搬到台北市永康街，一住八年，这八年是我电影生涯最辉煌、最灿烂和最忙碌的日子，也是台湾文艺片最盛行的时期。

重重的铁门闩嘎吱一声移开，一组画面快速地闪过我的脑海——妈妈在厨房里为我煮面、楼下古怪的老爷车喇叭声、我飞奔而下、溪边与他一坐数小时、铁门深深地闩上、母亲差点报警。那年我十九，在远赴美国旧金山拍《长情万缕》的前一晚。

走进四楼玄关似的阳台，竟然没有变，一样的阳台，母亲曾经在那儿掐着腰指骂街边另一个他。

走进客厅，真的不敢相信，仿佛时光停止了，跟四十多年前一模一样，我非常熟悉地走到少女时期的卧室，望着和以前一成不变的装修，我眼眶湿了，妈妈不知多少回，坐在床边用厚厚的旁氏雪花膏，为刚拍完戏累得睡着了的我卸妆。转头对面是妹妹的房间，走到另一边是父母的房间，他们对门是哥哥的房间，突然间我呆住了，那张 Cappuccino 色的胖沙发还在，静静地坐在哥哥的房间中，那是我不拍戏的时候经常坐着跟母亲大眼对小眼的沙发。

我站在客厅中央，往日的情怀在空气里浓浓地包围着我。八年，我的青春、我的成长、我的成名，都在这儿，都在这儿。这间小小的客厅，不知接待过多少个说破嘴要我答应接戏的大制片。

Cappuccino 胖沙发

琼瑶姊和平鑫涛也是座上客，在此我签了他们两人合组的巨星电影公司创业作《我是一片云》的合约，这也是唯一的一部“一林”配“二秦”。在这小客厅里，也经常有制片和导演坐在胖沙发上等我起床拍戏。

小时候住在偏远的乡下村子里，都不知道有台北这样一个地方，没想到有一天飞上枝头，不但定居台北，竟然还有三个台湾“总

永康街（二〇一九年，廉洁摄影）

统”跟我握手呢。在我二十岁的时候，到中山堂看我自己主演的《八百壮士》。电影结束了，灯还没亮，隔我三个座位有位先生站了起来，跟着导演和周围的人都站起来了。那人态度温和有礼气宇不凡，导演介绍我是女主角，他跟我握手，我第一个感觉，这人的手软得跟棉花一样，从前听父母说男的要手如绵、女的要手如柴才是富贵命。导演看我愣在那儿，马上加一句，这是蒋经国“总统”，我还没回过神来，他已经被簇拥着离开了。第二位是他还没当上“总统”的时候，那是三十多年前的事，在圆山饭店的“立委”鸡尾酒会，酒会中场，走进一位长相、气质和风度都极度完美的翩翩公子，好看得不得了，当他握我手的时候，真希望时间能够停止，让他再多握一会儿，他是马英九“总统”。第三位跟我握手的“总统”那时候已经卸任了，有一天我在高尔夫球场，见到一位老先生正在开球，那球打得不是很远，但旁边围着的人一致鼓掌，氛围有点奇怪，我看他一个人坐上球场的车子，好奇地望望，感觉有点面熟，不敢确定地上前问道：“请问你是‘总统’先生吗？”他微微点头称是，并跟我握了手，他是前“总统”李登辉。

九岁时搬到台北县三重市淡水河边。中兴桥离我们家很近，那时最开心的是大人带我们坐着三轮车，经过中兴桥到台北吃小美冰淇淋。高中读新庄金陵女中，放学总是跟着住在台北的同学

永康街旧屋（郝广才摄影）

一起搭公共汽车，过中兴桥吃台北小吃店的甜不辣配白萝卜，上面浇点辣椒酱，那滚烫甜辣之味至今记得。高中时期，几乎每个周末都跟同学到台北西门町逛街、看电影，我们穿着七十年代流行的喇叭裤、迷你裙、大领子衬衫和长到脚踝的迷地裙，走在西门町街头不知有多神气。我就是在高中毕业前后那段时间，在西门町被人在街上找去拍电影的。

台北的大街小巷、阳明山的老外别墅、许多咖啡厅通通入了我的电影里，如果想知道七十年代台北的风貌，请看林青霞的文艺爱情片。从一九七二年到一九八四年我都在台北拍戏，这十二年共拍了六七十部电影，台北火车站对面的广告牌经常有我的刊板，我读高中时期流连无数次的西门町电影街，也挂满了我的电影招牌。我人生的转变比梦还像梦，回首往事，人世间的缘分是多么微妙而不可预测。

白先勇小说《永远的尹雪艳》里的女主角住在台北市仁爱路，仁爱路街道宽敞整洁，中间整排绿油油的大树，很有气质。我喜欢仁爱路，八十年代初，我用四部戏换了仁爱路四段双星大厦的寓所，电影的路线也从爱情片转成社会写实片，拍写实片，合作的人也写实，那时候手上的戏实在多得没法再接新戏。有个记忆特别鲜明，一天晚上，制片周令刚背着一个旅行袋，旅行袋里全是新台币，拿出来占了我半张咖啡桌，人家一片诚意，不接也说不过去。他走了我把现钞往小保险箱里塞，怎么塞都不够放，只好把剩下来的放在床头柜里，好多天都不去存，朋友说我真胆大，一个人住在台北，竟然敢收那么多现金，而且还放在家里。

八四年后大部分时间都在香港拍戏，偶尔回到台北拍几部片。九四年嫁入香港，结婚至今二十五年，我魂牵梦萦的地方还是台北。这次回到永康街，才知道梦里徘徊的地方，我进不去的地方，就在永康公园对面六巷 × 号的四楼。

二〇二〇年一月

徐伏钢摄影

你现在几岁？

陈漫摄影

常听老年人说自己活一天少一天，一百一十岁的中国著名语言学家、文字学家、经济学家周有光先生却说：“老不老我不管，我是活一天多一天。”他从八十岁开始重头算起，在他九十二岁的时候，一个小朋友送他贺年卡，上面写着：“祝贺十二岁的老爷爷新春快乐！”今年他应该是三十岁的老爷爷了。那么，六十年，一个甲子，一个圆满，之后也可以重新算起，如果这样的话，我现在应该是一岁。其实任何年龄都可以重新算起，这样就不会有过往名利、地位的包袱，也会让你虚心求教。想想挺划算，一个新生儿却已经会走路、会说话、拥有知识和不少人生阅历，有这样的心境，人也就会变得轻松愉快起来。

二〇一五年十一月三日是我最快乐的一天，最爱的人都在我身边，最喜欢的朋友都跟我一起庆祝我的生日。我的感受是“圆满”，仿佛卸下了一生的包袱，轻盈地重生了。

自小内向害羞、太在乎别人的眼光、小心眼、爱钻牛角尖，这种性格令我放不开，也弄得自己不快乐、不合群。照理说这种性格特质应该不适合演戏，更不适宜在公众面前展现自我，但是这些事我都做了，并且做了大半辈子。演戏给我理由让害羞的情绪有了正当的出口，然而每一次面对镜头表现自己的时候，总是需要鼓起很大的勇气。没想到过了六十，这些事情再也烦扰不到我了，我接受这个世界没有人和事是完美的，我不再执着也不太

我坐在前排中间

在乎别人的眼光，这种感觉，把我从无形的牢笼里解放出来，让我呼吸到自由的空气。

《偶像来了》电视真人秀节目，意味着从里到外三百六十度、毫无保留地长时间呈现在众人面前，我在这个节目里出现，让所有人跌破眼镜，无论这个节目带给大家的是什么，对我却有很大的意义。短短两个月时间，见识了中国的地大物博、乡土人情，从这个节目的拍摄，了解了中国一日千里的进步，更重要的是我重新认识自己、接受自己，以崭新的自我出发。

记得内蒙古辽阔的蓝天和草原、壮男的马上驰骋，黄昏时，漫天彩霞，一行人踏着柔软的青草地向着金黄色的太阳走去，汪涵在旁感叹地说，这片草原或许曾经是数百年前铁甲金戈、兵士厮杀、血染黄沙的战场。我望着被阳光镶上金边的绿草，想象着战争的场面。走在前面的是手牵着手谈天说地的队友。我沉默不语，内心又是感慨，又是感恩。

记得那晚走入一排排空座椅的露天剧场，古色古香的高高舞台，左右木柱上的联语是“莫道戏场真梦幻，无非醒世大文章”，横额四个大字“戏如人生”。我默念着诗句，心想大伙儿下午只练了几个小时的黄梅戏，一会儿就得在这“戏如人生”的舞台上粉墨登场，这些空位将不再空着，这些偶像们不管演得好与不好本身就是戏。小时候在乡下看简陋的露天搭台表演的场景，又浮现在脑海里，置身于这样的时空，感觉迷离，似乎真有戏场梦幻之感呢。

十二个大人有时玩些简单的游戏比赛博君一笑，自己也玩得开心，何妨，做人有时不必太认真，间中做些傻傻的事情，调剂一下身心也挺好。有时接受挑战做些自己想做而从来没有机会做过的事，如走伸展台。虽然跨出虎度门的第一步是无比的艰难，但是一旦踏出舞台，却让我深深感受到，要接受挑战，就必须勇往直前、义无反顾。完成任务时，那种兴奋感，那种久久不能平息的快感，让人回味无穷。

在呈坎有一块石坎，当我们跨过去的时候，一对老夫妇在石坎边说着：“跨过这坎儿就一生无坎儿，顺顺利利。”六十年之间大大小小的坎儿走过无数，事到如今，所有的坎儿都不再是坎，新的坎儿也不当是坎。现在是新人，展开新的生命，如果从六十岁重新算起，现在一岁的我可以说收获很大很大，这一年抵得上好多好多年呢。这一年是我最快乐的一年。

新的一年又开始了，你现在几岁？你会是一个新生儿吗？

二〇一六年一月

# 九龄后的年轻汉子

“我有一点好处，不啰嗦，不抢着说话，自觉身处静听的年龄，耳朵是大学嘛。”这是大画家黄永玉在《比我老的老头》里面的话。他说的是张乐平和他，张是三十年代大陆出名的漫画家，代表作《三毛流浪记》，是黄永玉老师从小就崇拜的偶像，历经了千辛万苦才找到跟他见面的机会。

一月六日那个下午，我也和黄永玉当年一样，静听大画家大文学家说的每一句话。

二〇一五年年初杨凡送我一本《这些忧郁的碎屑》，那是庆祝黄永玉九十大寿，节录了他创作的诗歌、散文和小说精华片段的书。我看了爱不释手。杨凡知道高兴极了，把黄永玉的近作《无愁河的浪荡汉子》借给我看，有三大本七十万字，且还在继续写。他书看得慢，要我看了跟他说一说。于是我晚晚读到天亮，到了早上六点，兴奋地跟他说里面的精彩句子。

杨凡说他一月六日要到北京探望黄永玉，我就跟了去，我们搭早上八点的班机，六点就得出门，上机前一晚没睡，飞机上的三个半小时谈的都是黄永玉。飞机降落前，机长广播北京温度摄氏零度，我嘀咕着自己睡眠不足、衣服又不够厚，一会儿不冻死才怪。

下了机直奔黄永玉老师家，车上播着古典音乐，公路两旁大片的杨树，司机说这树到六月刮的都是白色的棉絮，就像六月雪。杨凡一到北京说的话也带北京味儿，他问司机："老爷子怎么样？都好吧？……"左一个老爷子右一个老爷子的，仿佛回到了三十年代。车子很快地转入太阳城小区，一座座巨大的十二生肖雕塑，让这小区充满了艺术气息，这些都是黄永玉的创作。

黄老师的女儿黄黑妮在门口迎接我们，轻声地说："爸爸睡着了。"我进门经过客厅，见到左侧装着圣诞灯饰的鹿角树前，黄永玉静静地睡在沙发躺椅上，睡得很沉很香，我趁机参观墙上的字画，见到好大一张白描水墨荷花，从来没见人这样画荷花的，那一枝枝生得密密的花茎直立着，几乎比人还高，后来看了他的书才知道，他小时候生气时坐着澡盆躲进荷花池里，那张画肯定是以小孩子在花丛里的角度见到的荷花。

黑妮说爸爸醒了，我们赶快来到他眼前。他睡眼惺忪地，见了我毫不意外地说："你来啦。"仿佛见到旧相识。这倒令我小小的意外，因为杨凡事先没跟他说我要来呀。

第一个问题请教他的是，素描该怎么下第一笔，他不假思索地说："不需要像，你先把形状搞出来，看是椭圆或是圆的或其他形状，对着你要画的东西慢慢地画，要专心画才画得好。"他盛情地拿出一叠画好的荷花让我挑，我受宠若惊，但还是忍不住挑了一张两朵清淡的荷花。

重回到圣诞树前的皮躺椅上，我坐在他身旁，就这样聊了起来。提起他的表叔沈从文，他忆述："我问他，有没有上馆子吃过饭？"他学着沈从文的语气："有啊！我结婚那天是在馆子吃的饭……唉！他最后不写文章可惜了。你知道，《边城》改了一百遍。"心想，回去一定要翻出来一个字一个字读。

黄永玉谈起以前在赣南的邻居蒋经国："那时候他和蒋方良女士的一儿一女都还小，有一次村里的朋友被急流冲走了，蒋经国即刻脱了衣服跳下水救人。"顿了一顿，笑笑地说："蒋经国很花的，他有很多女朋友。"在《比我老的老头》里有一段说他陪张乐平的太太去托儿所接孩子的事："办手续的是位中等身材，穿灰色制服的好女子，行止文雅，跟雏音大嫂是熟人，说了几句话。回来的路上雏音嫂告诉我，她名叫章亚若，是蒋经国的朋友。听了不以为意，几十年后出了这么大的新闻，令人感叹。"

聊了一会儿，他请我到餐厅的木桌旁，拿起笔墨，聚精会神地为我画像，我静静地望着窗外，午后的阳光斜照在天井的屋檐下，偶尔见到猫儿狗儿经过。不一会儿就画好了，问我像不像，杨凡说："啊哟！好有作家的气质哎。"

我们又回到原来的位置继续聊天，他说喜欢许鞍华《黄金时代》里跳跃式的拍法，我俏皮地说，你看我们像不像戏里萧红拜见鲁迅的画面。杨凡在一边一直没开口，这会儿他看不过去地指着我："你？萧红啊？"好像我高攀了她。

我和永玉老师谈他的诗词、散文、小说，谈他交往认识的人物，谈他书里的句子。通常是我先开个头，他就接着说故事，我像海绵一样吸取他近一世纪的故事，眼睛盯着一双闪着智慧光芒的双眼，生怕错过了任何一个细节。他家有九只猫十五只狗，都是他的最爱，猫儿狗儿出出进进地都不能打断我们的对话。

他写的一首诗《一个人在院中散步》：

我告诉你，
他想哭的时候微笑着，
有的邻居盼望他死，
有的邻居可怜他活。
他是动物却植物似的沉默，
在院子里散步，
别为他的孤独难过，
因为所有的门缝里，
都有无数对眼睛活跃。
奇异的时代培养细腻的感觉。
有的眼光像吮血的臭虫，
有的眼光无声的同情，
无声的拥抱在闪烁。

一个人在院中散步，
寂寞得像一朵红色的宫花。
明知道许多双眼睛在窥探，
他微笑着，
仿佛猜中了一个谜底。

满纸苍凉，我问他谁在院中散步，他说："是我。"

有一天朋友跟他说，江青要开会批斗黑画，他想自己画的是睁一只眼闭一只眼的猫头鹰，一定不会有事，没想到天公开了他一个大玩笑，把他画的猫头鹰从第七张调到第一张，跟江青挂在一起。

"那天两个人甩着两个皮带头，一鞭鞭打在我的背上，背上的血和衣服都粘在一起，回到家太太高兴地告诉我：'今天是你的生日。'我把衣服脱了：'给你看一样东西。'太太即刻掉眼泪。"他说他什么事没经历过，这事算什么，司马迁被阉了，并没有因此而颓靡不振！照样写出伟大的《史记》，这才是自由，他知道自己有更大的使命要完成，这才是真正的自由！

事后，他怀疑江青读过《诗经·大雅·瞻印》第三节：

哲夫成城
哲妇倾城
懿厥哲妇
为枭为鸱
妇有长舌
维厉之阶
乱匪降自天
生自妇人
匪教匪诲
时维妇寺

黄永玉的现代版：

聪明的男人能兴起一座城，
聪明的婆娘能毁掉一座城，
唉！你这个聪明的婆娘啊！
你简直是毛窠恩！简直是猫头鹰！

黄永玉与我（二〇一五年，李辉拍摄）

长舌的婆娘啊！

你是祸乱的根！

灾祸哪里是从天而降，

完全由你这婆娘制造出来，

谁也不曾有人教你，

都因为你亲近了这个坏婆娘！

他这样形容年届七旬已独居多年的林风眠："一个伟大的艺术家照顾一个伟大的艺术家。"林不问政事，画了一辈子画，到了生命的终结，黄永玉如是描述："九十二岁的林风眠，八月十二日上午十时，来到天堂门口。'干什么的？身上多是鞭痕。'上帝问他。'画家！'林风眠答。"很欣赏他这种写法，幽默、无奈和沧桑，黄老师得意地说："是啊！如果写'去世'就太普通了。"

提起杨绛："那个时候我跟钱锺书、杨绛住一个院子，知道他们怕被打扰，我也很识趣，从来不主动找他们，到了过年送东西给他们，也是挂在门外把手上。"听他这么说，我望了望墙上的大圆挂钟，时钟指着五字，时间过得真快，不知不觉已经聊了五个钟头。可他依然声音嘹亮，目光如炬。

我们坐到六点，黑妮和杨凡说要出去吃饭了，他起身带着我们走下楼梯，见他步履轻快，不但不需要人扶，连自己都不扶楼梯扶手。他从卧房的台子上抱着一个大方盒，打开来看，是一匹两只前蹄向上跃起的铜雕马，这马栩栩如生，是他的创作。他知道我属马所以送给我，杨凡整个箱子都已经满载了他送我的书，只好下次再拿。

一月六日下午和黄永玉老师交谈的六个钟头，令我回味无穷，回港兴奋地跟金圣华分享北京之行的丰收，金笑说："这就叫做倾囊相授。"

黄老师今年九十一岁，还不断地创作和继续他的巨著《无愁河的浪荡汉子》，他是我见过九龄后最年轻的汉子。

二〇一五年一月

黄永玉与我

# 我要把你变成野孩子

“我要把你变成野孩子！”“好啊！那我就变成野孩子啰！”这是九十一岁黄永玉和六十岁林青霞的对白。永玉老师兴奋地要带我去他的家乡湘西，住住他的老房子，看看他修的桥，参观他的桥上博物馆。他要我接近泥土、贴近大地，并嘱我下次不要穿得这样，要穿随便一点。他哪儿知道我是为了见他特别穿得一身红。

北京的四月天怎么变得这么热？我一月进京探望永玉老师的时候，还想着穿棉裤呢，这会儿一件薄薄的开司米都穿不住。

四月二十日我和杨凡又一人拖着一个行李，满怀热情地上京拜见黄永玉，本来下午五点到的，飞机延迟三个钟头起飞，直到晚上八九点才到太阳城。一进黄家门，见到还有其他客人在座。老师介绍的第一位客人是宋祖英。二〇〇八年奥运会在中国举办时，我在电视上看过她表演歌唱，她台风稳健，声音清脆嘹亮，当时对她印象深刻，没想到会在这里遇见她。眼前轻妆淡抹的她更加年轻漂亮，忽然眼睛一亮：“你这件上衣我也有件一模一样的，前几天我还穿着它呢。”她也是在香港连卡佛买的，是一件圆领短袖、前短后长的红色软皮上衣。她浅浅地笑着说：“我是为了见你，特别回家换的。”永玉老师手执烟斗欣慰地笑着说：“你们两位都属马。”短短数分钟，拉近了我们之间的距离。永玉老师说得好：“她是山里头的人，是山里头的兰花。”他们是同乡，都是湖南人，老师很为这个从乡下到城市、自己闯出一片天的姑娘感到骄傲。

第二天我们到果园吃西餐，面对湖边的垂柳，美景当前，老师赞叹不已。祖英聊起她和老师都是狮子座，老师一声不响，抽出口袋里的钢笔就在小小的餐巾纸上画将起来，那一根根线条组合成的狮子头速描，竟是温柔妩媚，像极了祖英的神情，几分钟就画好了，右下角写着“狮子座”，签上了黄永玉的大名和日期就递给对座的祖英。我正在用iPhone录下这段，祖英拿起狮子头，对着我的镜头灿烂地笑，她高兴得轻哼着歌，沐浴在这般风雅情境，真是酒不醉人人也自醉。

爱看黄永玉写的书，更爱听他说话，与君一席话胜读十年书。他说：“我思考是贴着地的，若只在高处思考，写出来的东西就没有意思，不好看。”看他的书几乎可以闻到泥土和汗水的味道。他说小鸟在天空飞翔，从来不管地上马路的规划，我说您的书都没边的，自由奔放，没有界限。

黄永玉画

我总爱坐在永玉老师躺椅旁边的小凳子上听他说话，他也总是悠然地想到什么说什么，他说的每一句话都是文学的养分，我专注地竖起耳朵望着他炯炯有神的双眼，生怕漏掉一个字。说到写作，他立刻走到房里找出《乱世佳人》，大声地朗读开头第一段：“那郝思嘉长得并不美，但是男人一旦像唐家孪生兄弟那样给她的魅力迷住，往往就不大理会这点……”老师说米切尔第一句写郝思嘉长得不美，后面形容得她都是美的，他说《乱世佳人》第一句就写得好。

九龄后的黄永玉还是不停地在创作，每年都会画生肖月历和做雕塑，最近还为瑞士作家迪伦马特《老妇还乡》的话剧设计舞台，手上有近百万字的大书《无愁河的浪荡汉子》等着他完成。时间从我们的谈话间一分一秒地过去，突然，他如大梦初醒，像是在询问我，又像是自言自语：“怎么一下子就九十了？我什么都没做。”我听得傻了眼，他办学校、建设家乡、不懈地勤奋创作、不断有新作品呈现，竟然还感觉自己没做事，怎不叫我惭愧万分。

“将来我要离开的话，骨灰都不拿回来，多好，旅行不用买飞机票。”说得既潇洒又俏皮。“我这一生六个字:‘爱’，‘怜悯’，‘感恩’……”他只说了五个字，或许没说的那个字藏在他内心的最深处，只有他知道。

二〇一五年四月

# 花树深情

圣华文章写道："曾经，树有千千花，心有千千结；如今，树有千千花，人有千千福！"圣华过尽千帆，能够有此领悟，必定是有福之人。

时光悠悠，不知不觉我和圣华相知相交竟已超过了十年，回想这一路走来，我和她互相扶持着渡过双方父母离世的苦痛，同时也携手走出阴霾，对自己目前所拥有的一切怀有感恩的心态。

见她的第一面，她一身酒红色套装，轻盈优雅地走入我家大厅，仿佛就在昨天。当年她应该是我这个年龄。她受朋友之托，在百忙中抽空带了几本英文翻译成中文的小说，到我家来跟我一起读，使我在欣赏到好的作品同时也学习了英文。因为谈得来，又觉得她值得信赖，我们成了无话不谈的好朋友。她是我结交的第一位有学识、有博士头衔又是大学教授的朋友。之前总以为这样的人必定会比较古板，想不到她对美是特别有追求的。我非常欣赏她那独特品味的装扮，从她服装的颜色、布料、饰物的搭配，你可以感觉到一股文化的底蕴，但款式并不离潮流。这十数年我们从没有间断过联系，在与她交谈的过程中，潜移默化地学到许多知识和常识，良师益友用在她身上最是恰当不过了。

她的著作《树有千千花》，对于夫君Alan的不舍、思念，借花寄意，化成了一首《盆与花》的美丽诗句。

你是花盆，我是花，
盆子保护我，沃土滋养我，
雨来了，你替我盛着，
风来了，你替我挡着。

日出时，芽抽新叶，
晨光中，含苞闪亮，
盆儿笑盈盈："快快绽放！"

正午时，新苞茁壮，
骄阳下，顾盼轻摇，
盆儿兴冲冲："努力向上！"

黄昏时，绿叶满枝，
暮色里，花开灿烂，
盆儿乐陶陶："再攀再攀，
——告诉我，窗外是否依然好风光？"

夜临时，花枝仍在，
星光下，花盆碎了，

花对盆说："你累了，好好休息。
相依相守五十载，你的情意，定不辜负
——我会挺下去！"

第一次见Alan，眼前一亮，他浓眉大眼，高大英俊，彬彬有礼。平常总是和圣华单独见面聊天，间中在饭局里见过Alan几次，他一贯的绅士风度，西装笔挺，经常会在餐厅门口等着接我。最后一次见面是在半岛酒店，那是圣诞前夕，半岛大厅的灯饰装点得热闹辉煌，他即使病体虚弱，见了我还是要站起来让座。他对圣华照顾周到，凡事不让她操心，圣华也依赖他，夫妻鹣鲽情深。已经四年了吗？Alan已经走了四年了吗？时间过得真快，这四年里我做了什么？哦，我出了两本书，即使圣华在丧夫的哀伤中仍不忘鞭策我写作出书。圣华温柔娇弱，在接到Alan得病的噩耗，我很是担心她经受不住，她却有着让我意想不到的坚强，数个寒暑强忍住内心的焦灼和不安，耐心地陪伴夫婿进出医院和诊所。

或许伤痛以另一形式为窗口，圣华嗅觉消失，听觉减弱，身上经常有些小病小痛，但她都能以乐观的态度面对。昨晚我们还在笑谈她是"与痛共舞"，相信她休养生息后必会慢慢回复正常。

《树有千千花》一文结尾："凝看窗外，艳色盈目，今时今日

二〇〇九年，金圣华、Alan Fung 与我

啊！它管它在树上开花，我由我在心里种花，我们隔窗互望，相视而笑！”

见她如此潇洒，我们异口同声说：“与痛共舞！”“把痛吃掉！”

二〇一六年四月

# 赚到

高爱伦（图片提供：三采文化）

一九七八年我在拍《晨雾》的现场，一位资深记者带着一个瘦瘦的气质不凡的女孩到现场，说她是《民生报》新上任的记者。趁拍片空档我跟她聊了一会儿，她竟能洋洋洒洒写出七八篇我的心路历程，并且不偏离事实，我非常惊讶，电话里直夸她写得好。

从那些篇文章以后，《民生报》有关我的新闻几乎都出自她的手笔，她的新闻稿写得真实，从不刻薄，甚至有点仁慈，读者喜欢看她写林青霞，连我自己都喜欢看高爱伦写林青霞。

有一年除夕夜，电影公司老板、演员和新闻界的朋友，都齐集在爱伦家赌三公，老板把把都输，爱伦突然大叫："不要玩了！"因为她觉得老板有故意放水的嫌疑。我不相信，过去翻老板手上的牌，果然是作弊，假装输钱让大家开心。爱伦爱朋友，她随时随地都为朋友着想、保护朋友，所以她的相识满天下。

跟爱伦相遇相知四十年，眼看她从一个初生之犊到红牌记者到总编辑；眼看她从幸福快乐的婚姻生活到斯人独憔悴，再到《此刻最美好》。万万没想到，年过花甲的她，竟然跑去演电影。

年轻时爱伦不打扮不化妆，现在虽然是一头白发，却穿着鲜艳，口红和笑容令她前所未有地好看。

爱伦性格刚烈。在她第一段甜蜜婚姻的初期，我到她家去，见她家电视用布盖着，她叫我打开看看，我一看，天呀！电视玻璃屏幕中间破了一个大洞，她说是她砸的，因为吵架。他俩倒好，雨过天晴之后互相解嘲彼此的疯狂事迹。她发脾气把老公的西装全剪破了，害得老公吃喜酒只得把西装拎在手上；她气极会站在街上撕钞票；有一次吵得太厉害，老公一把剪刀插进自己的大腿里，血流如注，她既惊吓又心疼，两个人抱在一起痛哭一场。我听得胆战心惊，心想，这个老公千万不能有外遇，否则后果不堪设想。没想到事隔多年，不能发生的事发生了，但她没有伤人，也没有伤自己，只是极度地伤痛，得了严重的神经官能症。受折磨的那些年，我常写信安慰她鼓励她，但似乎也帮不上忙，幸亏有她姊姊一路的照顾。

有一次回台湾，坐在她家客厅，见到她姊姊忙里忙外的，我感激地对她说："谢谢你照顾我的朋友。"

看了《相思至极，不敢轻提》写她跟父亲的几个小故事，她只轻轻一提，已是深深的父女情。让人羡慕，让人心疼。故在此不敢多提。

夜里家人都睡了，我独自阅读爱伦写她现任老公185个性沉默的故事，写得幽默生趣，我一再大笑出声，黑夜里就只听到我嘎嘎的笑声。我即刻传简讯给她，谢谢她让我如此快乐，也喜见她找回失去多年的幽默感。

爱伦现在肯写肯谈她过去的痛、现在的乐，表示她已走过从前，过去的事再也伤不了她，现在她有个任她舞、爱她狂的185日日相伴。他们俩搬离巨星云集装满许多人记忆的小公寓，曾经的热闹滚滚、曾经的伤心落寞通通放下，他们在基隆小区过着闲云野鹤的生活，爱伦写写文章，185做做美食，两个人快乐得不得了。

爱伦之前看过许多医生，最后还是靠自己写文章、出书“字疗”，才真正止痛疗伤。

我曾经说过许多安慰她的话，她笑称我是林教授，有一句话她听进去了：“到你离开这个世界的时候，如果快乐多过痛苦，这一生就赚到了。”

经过人生的高高低低、跌跌撞撞，陷落之后的起死回生，现在她是无欲无求、随心所欲，达到“此刻最美好”的境界。希望她从此刻开始，一直到往后的日子都是赚的。

二〇一八年十二月

# Faye

“青霞！”夜深人静时接到电话，那声音带着亲切和喜悦，照理说应该是熟人，我却认不出。“我是Faye！现在洛杉矶，四月三、四号会到香港，很想跟你聊聊，希望你能多给我一点时间。”“当然，当然，父亲在世的时候，常跟我提起当年在美国时你对他和母亲的照顾，要我好好地对待你。”

Faye曾跟我读过同一所学校金陵女中，也曾拍过两部电影，但那时候我们并不认识。不记得是怎么认识的，只记得二十二岁那年我在香港拍《红楼梦》的时候，她来我住的喜来登酒店跟我和母亲聊天的情景，她和母亲的话题大多围绕着为我找对象的事，清晰记得她拿出正在交往的男朋友照片，瘦瘦高高，学医的，母亲最喜欢有学问和做医生的人，她羡慕得口水都要流出来了。后来她嫁给了那个相中人，做了麻醉医生的太太，生活非常富裕。

人生在世短短数十年，有些朋友的交往就像天空的流星，在人生的旅程中偶尔交错，燃起了刹那的火光；有时像是飘落的雪花，不经意地重叠，短暂地互拥着冷冽的哀伤。我和Faye就是这样的朋友，在彼此六十年的生涯中，相见不超过六十个小时。七六年到美国拍《无情荒地有情天》的时候，母亲在洛杉矶买了栋房子和她做邻居。那些年我在港台拍戏忙得如火如荼，父母跟Faye和她的父母来往的机会较多，彼此也成了朋友。记得那年她哥哥带我和母亲到迪士尼乐园游玩，她哥哥高大憨厚，浅咖色的鬈发，笑起来跟她一样嘴角两侧有两颗小小的酒窝。我们见面后的第二天，他到家里来，手上拿着一叠纸张给母亲看，那些是他的毕业证书和学校得的奖状，他一一解释给母亲听，等他离开后，我问母亲："他为什么要给你看这些东西？"母亲神秘地笑着说："他是来提亲的。"从此我再不愿跟他见面。

许多年之后，有一次 Faye 来香港，我们一起喝咖啡，那时她父母已不在，我父母搬回了台北。我问她一切可好，她语气平静地说："最大的感受是兄弟姊妹都散了，已没有凝聚力，有些也不来往了。"突然间眼泪从眼眶里大颗大颗地涌出来，她立刻掏出纸巾摁了摁，我一时傻眼，不到一分钟，她已好端端地继续其他话题，妆也没花，每一个人表达悲伤的方式都不同，这才是真实的人生。

二〇一五年四月三号晚上跟 Faye 在四季酒店大堂相见，"青霞！"她灿烂地迎向我，还是一如往常的那样美丽耀眼。我们从四季酒店经过连卡佛百货公司走到 IFC 大楼的利园餐厅吃晚饭，她踩着 Jimmy Choo 露脚趾的银色六寸高跟鞋，穿梭在琳琅满目的名牌服饰间，身上 Dolce & Gabbana 白花绿叶闪着大颗水晶的背心裙，随着她的步伐旋转着，鬈曲的长发也跟着在空气中来回荡漾，谈话间又不时跟我挤一下眼睛。我则一双平底软鞋，卡其长裤配针织上衣，走在她旁边更显得她神采飞扬、摇曳生姿。

Faye

我们坐定在餐厅的卡座里，这才仔细地端详对方，双方竟然无视于岁月的痕迹，我说她还是像三十多年前在喜来登酒店和母亲谈天的Faye，她说我就像拍《窗外》的时候一样。我想我们看到的是大家不变的本质。

Faye的笑容依然甜美，做的事却让我望尘莫及，她说她正在跟洛克菲勒家族合作一个项目，产品是一种可以代替石油的自然液化气体，做好了可有几千万几亿美金的收益。这玩意儿我听都没听过，对我来说简直是天方夜谭。她见我眼光落在她的手指上，这才收起了笑容："我得了类风湿性关节炎，手指都伸不直，又不愿吃猛药，怕会掉头发。"我知道这种病的严重性，频频叮咛她要正视这个问题，要她把身体当事业来经营，否则赚再多钱也没用。她很认真地听我说："所以，我想好好跟你聊一聊。"我因为要搭夜机去澳洲旅游也不能多聊，饭后她送我到门口搭车，我轻轻地托起她的手臂，赫然发现她手肘关节处凸起的变形肉球，心里一阵酸楚，她眨着眼苦笑地说："我不去想它，日子还是照过。"

我紧紧地拥抱她表示安慰和支持，上了车眼睛没有离开她，她立在四季酒店门口人群中，我仿佛见到鹤立鸡群的火凤凰在跟我挥手。

二〇一五年五月

# 封面故事

很怕拍封面照，一是怕辛苦，一是怕年纪大了拍出来不好看。大女儿邢嘉倩多次游说我给中国*ELLE*服装杂志拍封面，我都拒绝了。前几天她又提起可以找Kim Robinson做头发，Zing化妆，张叔平做服装指导，陈漫摄影，还有卡地亚的珠宝和许多名牌服饰，这个阵容实在太强大了，也是我喜欢和信任的组合。我说你要真能找到他们我就拍，她本事大得很，两三天就搞定，十一月十五号拍照，十二月二十号就刊出，效率可真快。

十五号晚上六点，我头发半干，穿着一身灰色家常服，脂粉未施，披着一条Hermes灰色大披肩走进摄影棚，里面满满的人，一队*ELLE*杂志的工作人员，他们一一自我介绍，一下子也记不住那么多，还是先做事，只见地上两排高跟鞋，三排衣服，陈漫先选好几套，张叔平为我搭配珠宝首饰。不一会儿叔平说有人拿枪进来了，我往外望，还真有两个穿着军绿装的人架着长枪，不用说，他们肯定是护送珠宝的，气氛当场肃穆起来。

开始写作后，对周围的人、事、物会更加好奇和关注。知名化妆师Zing近距离对着我的眼睛擦眼影、画眼线，他左右耳一边一颗三克拉钻石耳环在我眼前闪呀闪的，弯腰替我涂脂抹粉，胸前的钻石十字架前后左右地摇晃，一头干净利落的光头，永远的Chanel套装，身后左右两个女助手为他打灯和递化妆品。在我化妆的同时，还有一个女孩正低头为我修指甲呢。Kim进来了，身后三个帅哥助手，全是白衬衫黑裤子，我见他进来时那眼神，好像对门口的警卫很不以为然。

陈漫到镜子前检查我的妆，她见我粘到一半的假睫毛，声音懒懒不轻不重地跟Zing说："其实青霞姊刚刚进来那样就很好，头发乱乱的很自然，你把眼皮弄成刚才她进来油油的那样，那眼睛特亮。"我跟Zing都愣住了，跟刚才一样，那不就是我起床的样子？那能见人吗？上次她帮我拍照的时候也这么说。陈漫边走回摄影机前边说："化了妆拍得漂亮很容易，最重要是把青霞姊的特质拍出来。"说真的，只有她可以拍出我的气质，她绝对是个艺术家。《云去云来》的封面就是她拍的，那张半侧面照片，获得一致好评，是我的构想，她帮我完成，许多人看了都在打听摄影师是哪一位，都想认识她。

Kim Robinson 发型，陈漫摄影

陈漫摄影

摄影棚当中有一小方块地方，周围的帘子全拉上就成了个小更衣室，我的秘书和另一位陌生女子动作迅速地把帘子拉好以免走光，利落地帮我扣上束腹的钩子，衣服一件件往我身上套。每个人都在动的时候，突然发现帘子里的黑皮沙发上，大女儿嘉倩裹着Lanvin黑白羊毛长大衣，静静地，一动也不动地缩在那儿。“怎么了？有心事呀？”女儿皱着眉头有气无力地点点头，我反而笑着说：“你看，我们全世界都在动，只有你不动，这样的反差是不是很有趣？”

我一张素脸在镜头前面，陈漫说口红也不需要画，阿Zing还是多少加了点自然色，他幽默地说：“总得做点事。”

第二套拍黑皮紧身裙，这套有点妩媚，还真需要假睫毛增加情趣，这妆需要点时间化。我发现镜子后方不远处，Kim拿起他的金剪刀，正帮女制片剪发，现场的工作人员都非常羡慕她。到我梳头了，陈漫说要乱，Kim三两下不到就弄个大风吹的发型。换上一套白西装，Kim又帮我梳了个更乱的发型，比鸡窝还乱，他们都是顶尖的专业人士，我由着他们摆布。白西装衣领配上

Cartier 的豹纹胸针，是张叔平先配好的，有型有格。

我一投入工作就忘了时间，从进场到拍完，足足花了七八个小时，拍完了才觉得累，我一边喘息一边望着放出照片的屏幕，这时候才有时间认识一下周围的工作人员。我赞叹着大陆这些年的突飞猛进，培养了这么多人才，摄制团队、服装杂志团队，都在自己的岗位上献出才能。我笑着说陈漫简直会飞了。

成功绝对不是偶然的，Zing 化妆一点也不马虎，他眼睛专注地盯着我这张脸，后面两位女助手也瞪大眼睛紧盯着我，Zing 目不斜视地说："灯！" 助手慢了点，他加重语气："光！" 两个助手赶忙拿出手机的电筒对着我，Zing 转头一瞪，助手嗫嗫嚅嚅地说反光板没电了。平常人画口红用不了几秒，他画我的红唇，功夫可大了，陈漫一句要粉而不亮的唇，他花了好长时间画，就像画一幅画一样，先擦护唇膏，再上口红，画唇边，最后扑上大红的粉，修修改改，直到满意为止，我估计他花了半个钟头。那红唇确是美艳。

Kim Robinson 是世界级高手，他是澳洲人，来到香港几十

*ELLE* 封面（陈漫摄影）

年，曾经帮英国戴安娜王妃吹过头发。他说有一次被请到香港文华酒店吹头发，按了总统套房的门铃，开门的竟然是戴安娜王妃，吓死他。他说王妃平易近人，跟他闲话家常，吹完头王妃谢谢他，他真诚地说所有的人都喜欢为你服务，王妃幽幽地说："我只需要一个人对我好。" Kim 是个艺术家，女人头发经过他的手，即刻变得有灵气、有动感和显得人年轻。Kim 最大本事是，可以使你的短发看起来长，头发少看起来多，头发厚看起来轻，他有一双鹰眼、一对魔术手，经他修过的头发，可以说是艺术作品。他是谁都不服气，就服陈漫。我和女儿拍到一半的时候，陈漫要Kim整理一下头发，Kim乐意地笑着跪爬过来，样子滑稽又好笑。

这次拍封面照见识到专业团队的大制作，这挤满各界精英的千多尺地方，简直是大千世界，充满了能量。

记得三十八年前到杨凡家拍《明报周刊》的封面，就只杨凡一个摄影师、我和我母亲三个人，杨凡到现在还记得我妈在现场剥大闸蟹给我吃的画面，他到现在说起来还感动呢。

二〇一五年

# 像文化那样忧伤

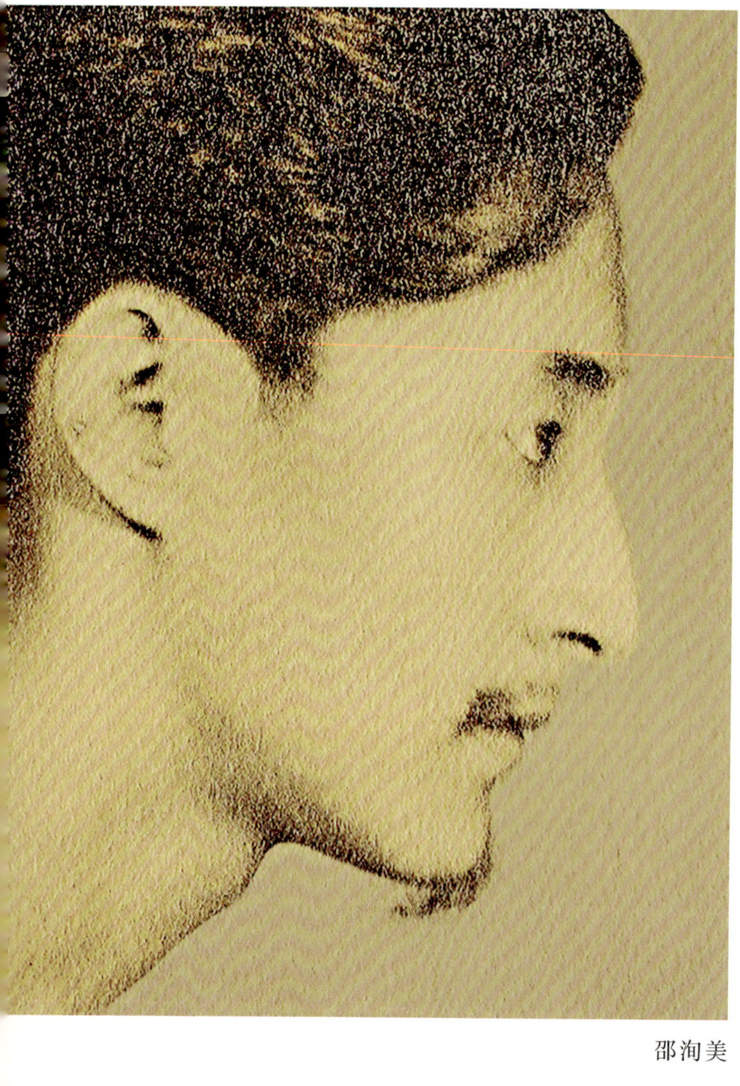

邵洵美

下雨的石板路上，

谁踩碎一只蝴蝶？

再也捡拾不起的斑斓……

生命的残渣紧咬我的心。

告诉我，

那狠心的脚走在哪里了？

……

不敢想

另一只在家等它的蝴蝶……

（《像文化那样忧伤》）

这是一首黄永玉献给邵洵美的诗，短短几十个字，勾勒出邵洵美六十三年的生命。

邵洵美是出身于名门的富家子弟，十几岁就到英国剑桥大学留学，二十岁回国娶了清朝大臣盛宣怀的孙女盛佩玉。曾办金屋书店和新月书店，出版过《论语》《万象》等九种刊物和抗日杂志《自由谭》，早年推崇“为艺术而艺术”，风流倜傥才情相貌均可与徐志摩媲美。这是他说过的话，“假使我十几年的文章、谈话、行为、态度，没有给人比较深刻的印象，至少我的不爱金钱爱人格，不爱虚荣爱学问，不爱权利爱天真，是尽有着许多事实可以使大家回忆的”。世事无常，因为早年在巴黎与一些志同道合的艺术家组成“天狗会”，与徐悲鸿夫妇、国民党要员张道藩及谢位鼎等过从甚密，导致一九五八年被捕入狱。“文革”前出狱，听说生活窘迫，连睡觉的床也卖了，睡在地板上，一九六八年在贫困交迫中去世。

过年期间在家里读书，一本《儒林新史》——邵洵美散文式的回忆录，记录了一些二三十年代他在巴黎、伦敦和上海的生活。因为之前曾在报纸的副刊读过他女儿邵绡红写他的故事，也看过王璞写他和美国女记者项美丽（《宋氏三姊妹》作者）的一段异国情缘，再听说他是现代曹雪芹，人生的起伏、才情的高低也酷似曹雪芹，所以对他特别有兴趣。

在《巴黎的春天》一文里，得知他会经常在下午带着画夹和木炭，跑到一所深灰色的房子，和来自美国、英国、法国的男男女女挤在一起，对着一个七八寸高台上的赤裸女子画画，裸女每五分钟换一个姿势，他坐两个钟头，可以画一二十张速写。他的朋友常玉就最喜欢这样消磨下午。常玉在世的时候非常穷困，我前几年在苏富比拍卖会的展览会上，看到一幅有六七位肥臀、细胸、短发的裸女油画，好像他画的裸女都是这样的体态和发型，只是姿势不同，我床头小小的一张也是这种形态的，敢情这些画，画的就是高台上的女子？苏富比那张估价七亿港币。

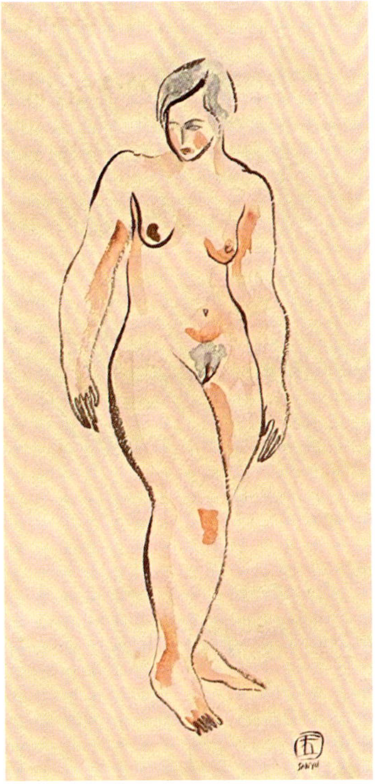
裸女画

邵洵美在巴黎的春天过得非常写意，文章最后两句——

也有时候所谓“春心发动”起来……

咳，巴黎的春天，我终于辜负了你！

相信这就是他得意的句子，他曾说：“写到一句得意的句子，仿佛创造了一个真正的知己，自己读来正像是和另一个自己在谈心，一生再不会受到寂寞的苦闷。”

邵洵美和徐志摩初次见面这一段也有趣，因为他们两人都是长脸形的人，都长得俊俏，也都念同一所大学，所以邵洵美有时会被误认为徐志摩，同时双方也常听朋友讲起对方。有一天在巴黎街头，走在他前面的一位朋友，回头看到邵，立刻把他拉了过去，高声地狂叫：“来了，志摩，我把你的弟弟找来了……”没等朋友把话讲完，徐志摩早已拉住了邵的两只手说：“弟弟，我找得你好苦！”徐听说邵也是剑桥的，便亲切地问他：

“天天到不到大学后背去划船？”

“你的方帽子和黑披肩是新做的，还是从老学生那里去买来的旧的？”

他们在附近的咖啡馆里聊了一个多钟头，徐第二天就搭船回中国。邵忆述：“这一个钟头里几乎是徐志摩一个人在讲话，可是他一走，我在巴黎的任务好像完了，原来我已经看到我所要看到的东西了。”

邵洵美说弗吉尼亚·伍尔夫写的《自己的房间》是一部圣经，我床头就正摆着这一本书，但我实在诧异，他有千千万万的书，光是他大伯留给他的遗产就有四十大箱两万册诗书，怎么会偏偏看中这一本？

《自己的房间》是伍尔夫在剑桥大学的演讲词，题目是“妇女与小说”。十九世纪前男人创作诗歌小说是理所当然，女人写作却被忽视。十九世纪早期中产阶级家庭只有一间起居室，如果一个女子要写作，她必得在大家共用的客厅中写作。简·奥斯丁从头到尾都是在那种情形下写作，所以伍尔夫说：“一个女性假如要想写小说，她一定得有点钱，并有属于自己的房间。”莫非邵洵美真如贾宝玉，如曹雪芹那般地怜香惜玉？

邵洵美喜欢在晚上看书写作，一不小心就写到天亮。他虽有书房，但客厅、卧室、洗手间、桌子椅子底下到处都是书，所以他说也没什么书房不书房的，他喜欢在床上看书。想不到时间、空间相差如此遥远的我和他，竟然会有相同的生活习惯和共同的喜好。

“邵洵美：被低估得最为严重的现代文化人”，我合上书本轻轻读着《儒林新史》书腰上的字句。

二〇一五年四月

# 走近张爱玲

张爱玲写的《小团圆》一出版我就买了，每次看看就放下，在床头一放就是十一年。正如宋淇说的第一、二章太乱，有点像点名簿，可能吸引不住读者“追”读下去，我记人名最差，经常看着看着就走神。年头因为新型冠状病毒的关系，许多时间待在房里，靠在床上看书，不时扫到床头小桌上的《小团圆》，仿佛它在向我招手，于是我下定决心仔仔细细从头读到尾，读到一半男主角邵之雍出现我就放不下了，惊心动魄地吸引着我看完。有些画面非常熟悉，仿佛在《滚滚红尘》里出现过，心中纳闷，我拍的时候《小团圆》还没出版，三毛编剧时怎么就知道剧情的？虽然之前大家都说我演的是张爱玲，我也没去证实，那时候我没接触过张爱玲的书。看完《小团圆》我再拿出《滚滚红尘》DVD仔细看一遍，发现剧情其实并没有完全复制张爱玲和胡兰成的故事，只是女主角沈韶华的身份是作家、男主角章能才是汉奸，戏的开场沈韶华被父亲关起来，中场男主角避难期间女主角到乡下去找他，发现他已经有了别的女人，从此分手，这一小部分像而已，其他全是三毛的精心创作。我估计三毛是从张爱玲早期的散文和胡兰成的《今生今世》中汲取了创作灵感。三毛必定是非常欣赏张爱玲，她是在向张爱玲致敬。我倒真希望我演的是张爱玲，就算沾到一点边也够我沾沾自喜的了，尤其是现在自己也喜欢写写文章。

开始全面走进张爱玲的世界，是在一个多月前，新加坡朋友余云传来三十四集的许子东《细读张爱玲》音频节目，因为打不开，我第二天即刻买了几本许子东的同名著作，自己留一本，其他分送给朋友，以便交流心得。在读书之前，先把他要讨论的文章看了，把平鑫涛送给我的整套张爱玲找出来，还有胡兰成全集和一些有关张爱玲的书籍，一本一本看，这也是我第一次那么有系统地读书。

胡兰成写的“民国女子”真是把我迷醉了。他躺在院子草地上的藤椅晒太阳，看苏青寄给他的《天地》月刊杂志，翻到张爱玲写的《封锁》，不觉坐直起来，细细地把它读完一遍又一遍，他觉得大家跟他一样面对着张爱玲的美好，只有他惊动得要闻鸡起舞。他在一九四四年五月号上海《杂志》写一篇《评张爱玲》：

——读她的作品，如同在一架钢琴上行走，每一步都发出音乐。

——和她相处，总觉得她是贵族。其实她是清苦到自己上街买小菜，然而站在她跟前，最是豪华的人也会受到威胁，看出自己的寒伧，不过是暴发户。

这样的知音难怪张爱玲第一次跟他见面就聊了五个小时，送她回家到巷堂口时，胡兰成说："你的身材这样高，这怎么可以？"原来胡兰成并不高，还以为他高大、帅气、有书卷味，如《滚滚红尘》里的章能才。但只这一声，就把两人说得这样近。胡兰成的语言和文字既感性又性感，让心高气傲的张爱玲卸了甲缴了械。据胡兰成的回忆，张爱玲送给他的照片后面写着："见了他，她变得很低很低，低到尘埃里，但她心里是欢喜的，从尘埃里开出花来。"明知道他有两个老婆五个孩子，还是跟他说："我想过，你将来就只是我这里来来去去亦可以。”张爱玲爱得真惨烈。

最近一个月把能找到的有关张爱玲的著作、信件、访问稿和学者的评论，统统放在床头从晚上看到天亮，跟朋友聊张爱玲一聊两三个钟头，朋友说我都变成张迷了，我开玩笑地说我不是张迷我是胡迷。胡兰成的文字让我陶醉，张爱玲让我想一步一步地走近她，在文字的世界中与她相知。

张爱玲在《谈看书》中引用法国女历史学家佩尔努的一句话，“事实比虚构的故事有更深沉的戏剧性，向来如此”，并说恐怕有些人不同意,不过事实有它客观的存在,所以“横看成岭侧成峰”。我向来喜欢看真人真事的书，总认为人家用真实的生命谱写他们的故事是再珍贵不过了。张爱玲一生的传奇和强烈的戏剧性，绝对是毋庸置疑的。

张爱玲的外曾祖父是晚清重臣李鸿章，父亲、母亲和继母都出身官宦之家，她却没有因此得到任何好处，只稍微提一提就被同期的女作家潘柳黛嘲讽“黄浦江淹死一只鸡就说成是鸡汤”。张作。我估計三毛是從張愛玲早期的散文和胡蘭成的《今生今世》中汲取了創作靈感。三毛必定是非常欣賞張愛玲，她是在向張愛玲致敬。我倒真希望我演的是張愛玲，就算沾到一點邊也夠我沾沾自喜的了，尤其是現在自己也喜歡寫寫文章。

開始全面走進張愛玲的世界，是在一個月前，有一位朋友傳來三十四集的許子東《細讀張愛玲》音頻節目，因為打不開，我第二天即刻買了幾本許子東的同名著作，自己留一本，其他分送給朋友，以便交流心得。在讀書之前，先把他要討論的文章看了，把平鑫濤送給我的整套張愛玲找出來，還有胡蘭成全集和一些有關張愛玲的書籍，一本一本看，這也是我第一次那麼有系統的讀書。

胡蘭成寫的「民國女子」真是把我迷醉了。他躺在院子草地上的藤椅曬太陽，看蘇青寄給他的《天地月刊》雜誌，翻到張愛玲寫的「封鎖」，不覺坐直起來，細細的把它讀完一遍又一遍，他覺得大家跟他一樣面對著張愛玲的美好，只有他驚動得要聞雞起舞。這樣的知音難怪張愛玲第一次跟他見面就聊了五個小時，送她回家到衖堂口時，胡蘭成說：「你的身裁這樣高，這怎麼可以？」原來他不高啊？我還以為胡蘭成像《滾滾紅塵》裏的章能才那麼高大英俊而有書卷氣呢。但只這一聲就把兩人說得這樣近。胡蘭成的語言和文字既感性又性感，讓心高氣傲的張愛玲卸了甲繳了械。據胡蘭成的回憶，張愛玲送給他的照片後面寫著「見了他，她變得很低很低，低到塵埃裏，但她心裏是歡喜的，從塵埃裏開出花來。」明知道他有兩個老婆五個孩子，還是跟他說：「我想過，你將來就只是我這裏來來去去亦可以」，張愛玲愛得真慘烈。

最近一個月把能找到的有關張愛玲的著作、信件、訪問稿和學者的評論，統統放在床頭從晚上看到天亮，跟朋友聊張愛玲一聊兩三個鐘頭，朋友說我都變成張迷了，我開玩笑的說我不是張迷我是胡迷，胡蘭成的文字讓人愛人和被愛，我看不出她父母愛她，也看不出她家人愛她。

都說張愛玲對人情世故十分冷漠，讀完《張愛玲私語錄》才知道她情感之豐沛。宋淇、鄺文美夫婦對張的才華極度的欣賞，以致於在精神上和生活細節上無條件的付出。在他們四十年的書信往來中，充分感覺到張愛玲的溫暖和柔情的一面。一九五五年張搭船赴美國紐約，送船的只有宋淇夫婦，船一離港她就痛哭不已，她母親黃逸梵自她四歲起就經常理箱子遠赴重洋，她也只是淡淡的，並沒有哭。在美期間張一天總要想起鄺文美兩次，生活上發生的事情她已先在腦子裏跟鄺說了一遍，看到善良優雅的好女子也總要拿鄺比一比，結果還是感覺鄺勝於她們。到了八零年代他們三人都患有重病，信裏互相慰問和勉勵對方，即使病體欠安，宋氏夫婦還是為張愛玲奔波張羅，鄺文美經常為她跑郵局，張愛玲寄了三百塊美金給她，讓她付些雜費和計程車費，我又一次驚訝，鄺的付出豈是三百美金了得的，鄺也感尷尬，但為了避免張尷尬只好收下，張事後還解釋這是跟她姑姑學的，什麼都要算得清清楚楚，一九五七年她母親黃逸梵在英國去世前曾寫信給她想見她最後一面，張也只在回信中寄了一百塊美金，但她卻在臨終前立下遺囑把著作權、遺產全都給了宋氏夫婦。他們三人之間的信任和深厚的情感人間少有。

張愛玲在一九三九年，她十九歲時寫的〈天才夢〉，最後兩句「生命是一襲華美的袍，爬滿了蝨子」，彷彿她一早就預知自己的未來，或是她一早就設定一個無形的牢籠，自己一步步的走進去。在《小團圓》裏做母親的蕊秋對女兒九莉說：「我只要你答應我一件事，不要把你自己關起來。」張愛玲真實的人生裏，生命最後十幾年被蝨子所困，她把自己關起來誰也不見。記得一九八一年我在舊金山，獨家出版張愛玲書的皇冠雜誌社社長平鑫濤打電話給我，他在加州，想跟張見一面，她都不肯見他。那段期間她幾乎每個星期搬一次家，住過許多汽車旅館，因為皮膚病的關係一天要照十三個小時的日光燈，每半個小時要用水把眼睛的蟲洗掉，臉上的藥膏被沖掉又要補擦，這樣一天共花二十三個小時在日光燈下，我直覺認定這是一種精神上的病症，照理說不可能換那麼多地方還有蝨子，眼睛也不可能會生蟲，於是我打電話請教精神科醫生李誠，李誠懷疑是驚恐症和身體上的幻覺，嚴重了會感覺蟲在身上爬，我說其實是不是並沒有蟲？他說是的，但他說這是可以醫治的。

↑張愛玲手繪圖。（林青霞提供）

我認為張愛玲是生命的鬥士，她在一九六八年接受殷允芃的訪問時說「人生的結局總有一個悲劇。老了，一切退化了，是個悲劇，壯年夭折，也是個悲劇，但人生下來，就要活下去，沒有人願意死的，生和死的選擇，人當然是選擇生。」想想她一個人在加州，自己不開車，要看牙醫、要看皮膚科醫生，還要不停的搬家，但她從來沒有放棄過，努力的活著。最終在一九九五年九月九日，被發現在洛杉磯Westwood家裏靜靜的離開人世。她的遺囑執行人林式同去接收遺體時記載當時的場景，他說張愛玲是躺在房裏唯一的一張靠牆的行軍床上去世的，她的遺容安詳，只是出奇的瘦。她七十五歲生日那天，林式同將她的骨灰灑在太平洋上，灰白的骨灰襯著深藍的海水向下飄落，被風吹得一朵朵，在黃色的太陽裏飛舞著，灰落海裏，上面覆蓋著一片片紅玫瑰與白玫瑰花瓣。張愛玲的一生比任何虛構的小說都富有深沉的戲劇性。

張愛玲的名氣沒有因為她離開人間而降低，她的文字留下了數不清的經典句子，她說：「成名要趁早啊，來得太晚，快樂也不那麼痛快。」相信張愛玲一生最快樂最痛快的日子是一九四三年和一九四四年，那是她創作的高峰期，多產而佳作連連，就像她形容曹雪芹的《紅樓夢》是現代小說一樣，她即使寫於半個世紀前的作品，現在看起來亦是非常當代。《紅樓夢》有紅學，張愛玲也有張學。她在二十三歲已經大大享受到成名的快樂了。

張愛玲是在成名初期認識的胡蘭成，在胡蘭成眼裏張愛玲是民國世界的臨水照花人，他說看她的文章只覺得她甚麼都曉得，其實她卻世事經歷得很少，但是那個時代的一切自會來與她交涉，好像「花來衫裏，影落池中」。你看要不要命。一個作家能夠得到如此懂得她的知音，怎麼都值了。他們精神上吃得飽飽的，胃口倒無所謂。據胡蘭成最親密的姪女胡青雲的口述回憶錄《往事歷歷》中描繪「他們家裏只有兩個碗，一個大碗一個小碗，大碗是胡蘭成用，小碗是張愛玲用，小菜只有一隻罐頭，油燜筍。從廚房裏開好拿出來，也沒倒出來，直接吃，別的菜一點也沒有。」

三毛生前曾經跟我約定一起去旅行，帶著我流浪的，但最後她卻步了，理由是我太敏感，很容易讀出她的心事。我也曾想過如果在張愛玲面前肯定無地自容，她的眼睛像X光，裏裏外外穿透人，在她文章裏，對人的外表、長相、穿著、動作都有詳盡的描繪，連人家心裏想什麼她都揣測得很深，正如胡蘭成說她聰明得似「水晶心肝玻璃人」。張愛玲在文字裏提到過我朋友江青，她在給夏志清的信上痛苦的感覺，「五中如沸，混身火燒火辣燙傷了一樣」，我心絞痛，因為她把那痛徹心肺的感受透過筆尖真實的呈現在你心上。她那特有的張氏幽默，看得真過癮。在散文《私語》裏，她形容她從被關了半年的父親大宅裏逃出，「每一腳踏在地上都是一個響亮的吻。」緊要關頭叫了黃包車竟然還要講價，並且高興著沒忘了怎樣還價。在〈第二爐香〉那二十一歲的英國女孩愫細，純潔天真得使人不能相信，她和四十歲大學教授的新婚之夜，穿著睡衣蹬著拖鞋狂奔的逃出夫家，拖鞋比人去得快，人趕上了鞋，給鞋子一絆。這麼生動的電影畫面隨處可見，讓你難以忘懷。

短篇小說〈年輕的時候〉第一段「潘汝良讀書，有個壞脾氣，手裏握著鉛筆，不肯閒著，老是在書頭上畫小人。他對於圖畫沒有研究過，也不甚感興趣，可是鉛筆一著紙，一彎一彎的，不由自主就勾出一個人臉的側影，永遠是那一個臉，而且永遠是向左。」我看了心裏一驚，那不就是我嗎？我讀初中時一樣喜歡在課堂上用單線畫女孩的側面，也是臉向左方，我立刻拿出鉛筆在書上畫出我當時畫的側面女子，發覺鼻巴那塊不成比例，又畫另一個，靈光一閃在額前一勾，代表覆額頭髮。後來在《沉香》發現張愛玲一張女士速描額前那一勾，竟然跟我勾得一模一樣，難道她也是隨手一勾的嗎？我拍過的一百部戲唯一一次演作家，角色竟然以張愛玲為原型。這千絲萬縷，到底還是與張愛玲有一線牽。

一九八八年秋天，我拎著兩盒鳳梨酥，爬上三毛在台北寧安街四樓的小公寓，聽她讀《滾滾紅塵》劇本。三毛一句一句的唸給我聽，讀到興起她播著四零年代的音樂，站起來一邊踩著舞步一邊演給我看，我陶醉在她忘我的演繹中。現在想起，原來當時她的身體裏住著三個作家，一個三毛自己、一個張愛玲、一個劇中的女作家沈韶華，她萬萬沒想到在她眼前看得目瞪口呆的林青霞，將來有一天會把張愛玲和她的故事寫進自己的文章裏。



責任主編邱祖胤☆編輯盧美杏☆美編曾佩琳

二〇二〇年九月三日刊登于《中国时报》

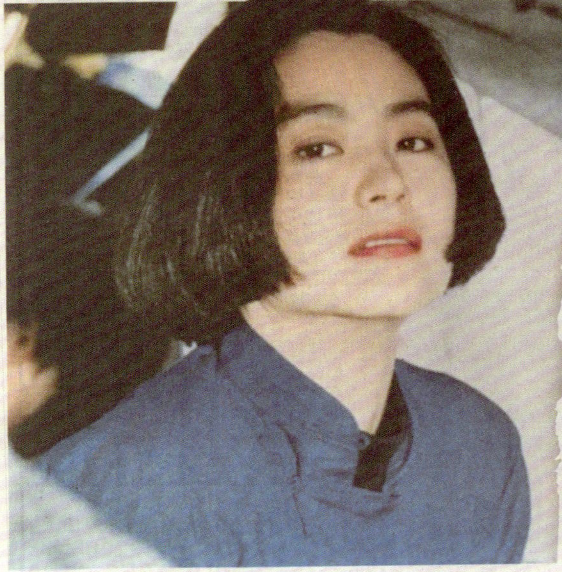

←《滾滾紅塵》劇照。（林青霞提供）

# 走近張愛玲

最近一個月把能找到的有關張愛玲的著作、信件、訪問稿和學者的評論，統統放在床頭從晚上看到天亮，跟朋友聊張愛玲一聊兩三個鐘頭，朋友說我都變成張迷了。

⊙林青霞

→張愛玲。（本報系資料照片）

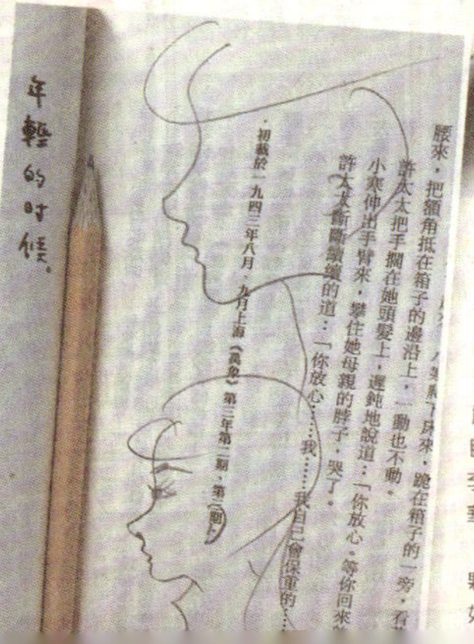


↓林青霞手繪圖。（林青霞提供）

張愛玲寫的《小團圓》一出版我就買了，每次看看就放下，在床頭一放就是11年。正如宋淇說的第一、二章太亂，有點像點名簿，可能吸引不住讀者「追」讀下去，我記人名最差，經常看著看著就走神。年頭因為新型冠狀病毒的關係，許多時間待在房裡倚在床上看書，不時掃到床頭小桌上的《小團圓》，彷彿它在向我招手，於是我下定決心仔仔細細從頭讀到尾，讀到一半男主角邵之雍出現我就放不下了，驚心動魄的吸引著我看完。有些畫面非常熟悉，彷彿在《滾滾紅塵》裏出現過，心中納悶，我拍的時候《小團圓》還沒出版，三毛編劇時怎麼就知道劇情的？雖然之前大家都說我演的是張愛玲，我也沒去證實，那時候我沒接觸過張愛玲的書。

看完《小團圓》我再拿出《滾滾紅塵》DVD仔細看一遍，發現劇情其實並沒有完全複製張愛玲和胡蘭成的故

我陶醉，張愛玲讓我想一步一步的走近她，在文字的世界中與她相知。

張愛玲在〈談看書〉中引用法國女歷史學家佩奴德的一句話「事實比虛構的故事有更深沉的戲劇性，向來如此」，並說恐怕有些人不同意，不過事實有它客觀的存在，所以「橫看成嶺側成峰」。我向來喜歡看真人真事的書，總認為人家用真實的生命譜寫他們的故事是再珍貴不過了。張愛玲一生的傳奇和強烈的戲劇性絕對是毋庸置疑的。

張愛玲的外曾祖父是晚清重臣李鴻章，父親、母親和繼母都出身官宦之家，她卻沒有因此得到任何好處，只稍微提一提就被同期的女作家潘柳黛嘲諷「黃埔江淹死一隻雞就說成是雞湯」。張愛玲在九〇年代出的《對照記》裏有一段，跟祖父母的關係只是屬於彼此，看似無用、無效，卻是她最需要的，他們只靜靜地躺在她的血

說「江青那麼醜怎麼能演西施，將來電影一定不賣座」，江青跟我聊起一點也不介意，我們兩個還笑得不得了，我跟她說，被張愛玲點到名是你的榮幸。在紐約張愛玲去按李麗華的門鈴，她寫道「李麗華正在午睡，半裸來開門」。我問金聖華難道李麗華上面不穿衣服就來開門？金聖華笑說那表示衣冠不整。

張愛玲的文字像是會發光似的，每顆字都是一顆鑽石，閃閃發亮的串成好句子就像一條鑽石項鍊，讓你忍不

爱玲在九十年代出的《对照记》里有一段，跟祖父母的关系只是属于彼此，看似无用、无效，却是她最需要的，他们只静静地躺在她的血液里，等她死的时候再死一次，最后一段只有四个字："我爱他们。"这么庄严的四个字出自她的笔下让我非常惊讶，她是如此孤傲，看她的文章似乎从来没有写过她爱谁的，可见她是多么需要爱人和被爱，我看不出她父母爱她，也看不出她家人爱她。

都说张爱玲对人情世故十分冷漠，读完《张爱玲私语录》才知道她情感之丰沛。宋淇、邝文美夫妇对张的才华极度地欣赏，以至于在精神上和生活细节上无条件地付出。在他们四十年的书信往来中，充分感觉到张爱玲的温暖和柔情的一面。一九五五年张搭船赴美国纽约，送船的只有宋淇夫妇，船一离港她就痛哭不已，她母亲黄逸梵自她四岁起就经常理箱子远赴重洋，她也只是淡淡的，并没有哭。在美期间张一天总要想起邝文美两次，生活上发生的事情她已先在脑子里跟邝说了一遍，看到善良优雅的好女子也总要拿邝比一比，结果还是感觉邝胜于她们。到了八十年代他们三人都患有重病，信里互相慰问和勉励对方，即使病体欠安，宋氏夫妇还是为张爱玲奔波张罗，邝文美经常为她跑邮局，张爱玲寄了三百块美金给她，让她付些杂费和计程车费。我又一次惊讶，邝的付出岂是三百美金了得的，邝也感尴尬，但为了避免张尴尬只好收下。张事后还解释这是跟她姑姑学的，什么都要算得清清楚楚，一九五七年她母亲黄逸梵在英国去世前曾写信给她想见她最后一面，张也只在回信中寄了一百块美金，但她却在临终前立下遗嘱把著作权、遗产全都给了宋氏夫妇。他们三人之间的信任和深厚的情感人间少有。

一九三九年，张爱玲十九岁时写的《天才梦》，最后两句“生命是一袭华美的袍，爬满了虱子”，仿佛她一早就预知自己的未来，或是她一早就设定一个无形的牢笼，自己一步步地走进去。在《小团圆》里，做母亲的蕊秋对女儿九莉说：“我只要你答应我一件事，不要把你自己关起来。”张爱玲真实的人生里，生命最后十几年被虱子所困，她把自己关起来谁也不见。记得一九八一年我在旧金山，独家出版张爱玲书的皇冠杂志社社长平鑫涛打电话给我，他在加州，想跟张见一面，她都不肯见他。那段期间她几乎每个星期搬一次家，住过许多汽车旅馆，因为皮肤病的关系一天要照十三个小时的日光灯，每半个小时要用水把眼睛的虫洗掉，脸上的药膏被冲掉又要补擦，这样一天共花二十三个小时在日光灯下。我直觉认定这是一种精神上的病症，照理说不可能换那么多地方还有虱子，眼睛也不可能会生虫。于是我打电话请教精神科医生李诚，李诚怀疑是惊恐症和身体上的幻觉，严重了会感觉虫在身上爬。我说，其实是不是并没有虫？他说是的，但他说这是可以医治的。

我认为张爱玲是生命的斗士，她在一九六八年接受殷允芃的访问时说："人生的结局总有一个悲剧。老了，一切退化了，是个悲剧，壮年夭折，也是个悲剧，但人生下来，就要活下去，没有人愿意死的，生和死的选择，人当然是选择生。"想想她一个人在加州，自己不开车，要看牙医、要看皮肤科医生，还要不停地搬家，但她从来没有放弃过，努力地活着。最终在一九九五年九月九日，被发现在洛杉矶 Westwood 家里静静地离开人世。她的遗嘱执行人林式同去接收遗体时记载当时的场景，他说张爱玲是躺在房里唯一的一张靠墙的行军床上去世的，她的遗容安详，只是出奇的瘦，保暖的日光灯在房东发现时还亮着。一九九五年九月三十日，她七十五岁生日那天，林式同将她的骨灰撒在太平洋上，灰白的骨灰衬着深蓝的海水向下飘落，被风吹得一朵朵，在黄色的太阳里飞舞着，灰落海里，上面覆盖着一片片红玫瑰与白玫瑰花瓣。张爱玲的一生，比任何虚构的小说都富有深沉的戏剧性。

张爱玲的名气没有因为她离开人间而降低，她的文字留下了数不清的经典句子，她说："成名要趁早啊，来得太晚，快乐也不那么痛快。"相信张爱玲一生最快乐最痛快的日子是一九四三年和一九四四年，那是她创作的高峰期，多产而佳作连连，就像她形容曹雪芹的《红楼梦》是现代小说一样，她即使写于半个世纪前的作品，现在看起来亦是非常当代。《红楼梦》有红学，张爱玲也有张学。她在二十三岁已经大大享受到成名的快乐了。

张爱玲是在成名初期认识胡兰成的，在胡兰成眼里张爱玲是民国世界的临水照花人，他说看她的文章只觉得她什么都晓得，其实她世事经历得很少，但是那个时代的一切自会来与她交涉，好像“花来衫里，影落池中”。你看要不要命。一个作家能够得到如此懂得她的知音，怎么都值了。他们精神上吃得饱饱的，胃口倒无所谓。据胡兰成最亲密的侄女胡青芸的口述回忆录《往事历历》中描绘：“他们家里只有两个碗，一个大碗一个小碗，大碗是胡兰成用，小碗是张爱玲用，小菜只有一只罐头，油焖笋。从厨房里开好拿出来，也没倒出来，直接吃，别的菜一点也没有。”

三毛生前曾经跟我约定一起去旅行，带着我流浪的，但最后她却步了，理由是我太敏感，很容易读出她的心事。我也曾想过如果在张爱玲面前，肯定无地自容，她的眼睛像X光，里里外外穿透人，在她文章里，对人的长相、穿着、动作都有详尽的描绘，连人家心里想什么她都揣测得很深，正如胡兰成说她聪明得似“水晶心肝玻璃人”。张爱玲在文字里提到过我的朋友江青，她在给夏志清的信上说：“江青那么丑怎么能演西施，将来电影一定不卖座。”江青跟我聊起一点也不介意，我们两个还笑得不得了，我跟她说，被张爱玲点到名是你的荣幸。在纽约张爱玲去按李丽华的门铃，她写道：“李丽华正在午睡，半裸来开门。”我问金圣华，难道李丽华上面不穿衣服就来开门？金圣华笑说那表示衣冠不整。

张爱玲的文字像是会发光似的，每颗字都是一颗钻石，闪闪发亮地串成好句子就像一条钻石项链，让你忍不住一看再看，有时会默念几遍。她笔下的人物都像是活着的，让你爱、恨、情、仇跟着她转。《小团圆》里九莉爱邵之雍我跟着爱，九莉后来鄙夷邵之雍那句“亦是好的”，让我本来觉得心动的话刹那间也可笑起来。她痛苦的感觉，“五中如沸，浑身火烧火辣烫伤了一样”，我心绞痛，因为她把那痛彻心扉的感受透过笔尖真实地呈现在你心上。她那特有的张氏幽默，看得真过瘾。在散文《私语》里，她形容她从被关了半年的父亲大宅里逃出，“每一脚踏在地上都是一个响亮的吻”。紧要关头叫了黄包车竟然还要讲价，并且高兴着没忘了怎样还价。在《第二炉香》那二十一岁的英国女孩愫细，纯洁天真得使人不能相信，她和四十岁大学教授的新婚之夜，穿着睡衣蹬着拖鞋狂奔地逃出夫家，拖鞋比人去得快，人赶上了鞋，给鞋子一绊。这样生动的电影画面随处可见，让你难以忘怀。

短篇小说《年轻的时候》第一段：“潘汝良读书，有个坏脾气，手里握着铅笔，不肯闲着，老是在书头上画小人。他对于图画没有研究过，也不甚感兴趣，可是铅笔一着纸，一弯一弯地，不由自主就勾出一个人脸的侧影，永远是那一个脸，而且永远是向左。”我看了心里一惊，那不就是我吗？我读初中时一样喜欢在课堂上用单线画女孩的侧面，也是脸向左方，我立刻拿出铅笔在书上画

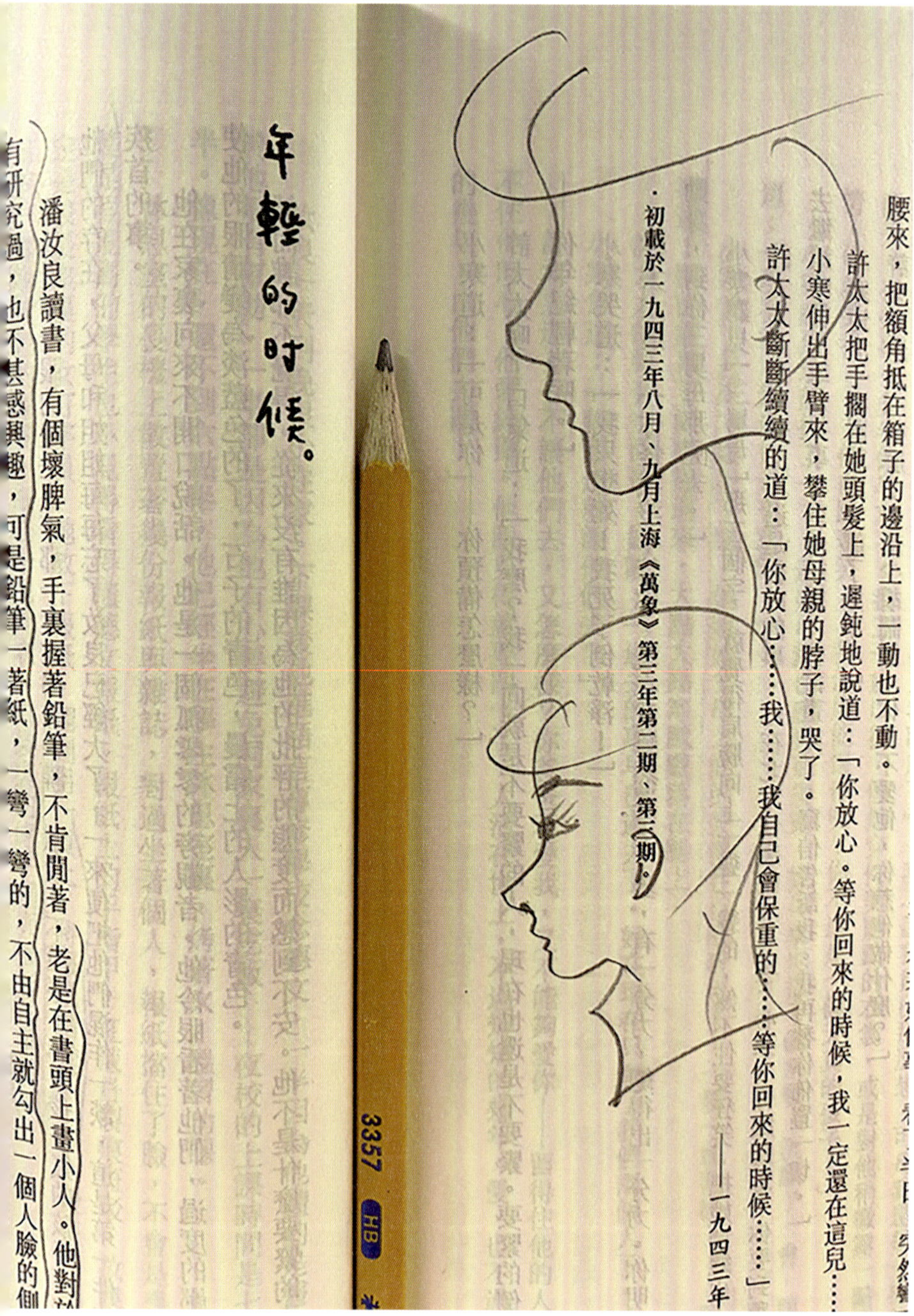
腰來，把額角抵在箱子的邊沿上，一動也不動。
許太太把手擱在她頭髮上，遲鈍地說道：「你放心。等你回來的時候，我一定還在這兒……
小寒伸出手臂來，攀住她母親的脖子，哭了。
許太太斷斷續續的道：「你放心……我……我自己會保重的……等你回來的時候……」
——一九四三年
·初載於一九四三年八月、九月上海《萬象》第三年第二期、第三期。
年輕的时候。
潘汝良讀書，有個壞脾氣，手裏握著鉛筆，不肯閒著，老是在書頭上畫小人。他對於
有研究過，也不甚感興趣，可是鉛筆一著紙，一彎一彎的，不由自主就勾出一個人臉的側
3357
HB

速描自画

出我当时画的侧面女子，发觉嘴巴那块不成比例，又画另一个，灵光一闪在额前一勾，代表覆额头发。我拍过的一百部戏唯一一次演作家，角色竟然以张爱玲为原型。这千丝万缕，到底还是与张爱玲有一线牵。

一九八八年秋天，我拎着两盒凤梨酥，爬上三毛在台北宁安街四楼的小公寓，听她读《滚滚红尘》剧本。三毛一句一句地念给我听，读到兴起她播着四十年代的音乐，站起来一边踩着舞步一边演给我看，我陶醉在她忘我的演绎中。现在想起，原来当时她的身体里住着三个女作家，一个三毛自己、一个张爱玲、一个剧中的女作家沈韶华，她万万没想到在她眼前看得目瞪口呆的林青霞，将来有一天会把张爱玲和她的故事写进自己的文章里。

二〇二〇年八月三日

# 朋友的话

# 一点点幸福

青霞开始说故事时，山上总是突然云雾弥漫，仿佛舞台发释大量干冰，背景音乐逐渐上扬，屏息之间，东方不败随时可能从邻近最高树上鬼魅现身，场景不能更戏剧化了。

我们通常刚走完我们惯常的路径，微汗，坐进香港山顶餐厅，大片落地窗外是老树浓荫，山下大海无际，远方三根发电厂烟囱标示出南丫岛的位置，一切正逐渐落入夕阳余晖，她点她的焦糖核桃冰淇淋，我喝我的黑咖啡。午餐之后、晚餐之前的餐厅几乎空无一人，那名穿白衬衫打黑领结的壮硕男服务生，好像电影阿达家族的成员那样古怪可爱，恍如拉开抽屉般拖出下唇，脚着特制鞋，拖着脚步咔咔发出金属声，永远需要回头再三确认我们的点餐内容，另一名高绑马尾的中年女服务生架着胶框眼镜，很喜欢过来聊两句，不厌其烦纠正青霞和我的粤语发音，而样貌俊俏如年轻古天乐的经理梳着整齐的西装头，健康的橄榄肤色，一身剪裁合宜，总是那么进退守礼，对青霞特别贴心。餐厅角色就绪，浓雾静静拢来，黑夜徐徐降临，青霞坐在我对面娓娓道来她经历的事、认识的人，我就像坐在电影院里的热切观众，睁大眼睛，缓缓沉入故事的情境，开始一段奇妙历程。

青霞说故事的魅力并不仅因为她是林青霞，无论什么年纪都长得那么倾城倾国，以至于人人被她吸引而不由自主听她说话，也不只是因为她是大明星，所以见识过的场面难免比寻常人来得更壮阔盛大，而是来自她说故事的方式。她总是从细节开始，注意到很多人会忽略的微小之处，像是见面当天双方的穿着，她会记住对方从头到脚的打扮，穿了什么颜色的服饰，裙摆有镂花，袖口缝了亮片，脚上是白色球鞋还是棕色高跟鞋，耳垂镶钻或挂了大银饰，她也会花时间描述自己当时的发型衣着，如同曹雪芹描述《红楼梦》每个角色的出场那般讲究隆重。接着介绍每个人物的习惯动作，谁不赞同一件事时虽然不声响但会举杯喝水，谁参加晚宴坐在不喜欢的人旁边就把背脊挺得比平常更直，谁不在乎自己另一半在乎的事情以致另一半在说话时永远两眼放空。我忖思，十七岁就当电影演员的她毕竟天生要入这一行，尽管她是因为她独一无二的世纪容颜才走在路上被星探发掘，但她跟我说故事时描述人物的方法，就是一名不折不扣的专业演员在揣摩一个角色的心态与举止，之后重新转译出来给我这名观众。说到入戏之际，她会突然角色上身，干脆演给我看。走路一半，就在半途，她停下脚步，就地模仿那些人物的神态，惟妙惟肖。我的反应永远是忍不住哈哈狂笑，因为觉得真正不可思议。我们每回都结论，她是一名遭埋没的天才喜剧演员。当初应该有人找她演喜剧。

她对人的观察入微，应用在她过去的表演生涯，当她拿起笔来时，变成独特的写作优势。当她写香港影后李菁，写舞蹈明星江青，写她的闺密施南生、好友张国荣，因为她采取的视角，这

胡晴舫

些原本对常人来说仿佛遥在天边的星星在她的文字里落地，有了血肉，行走于凡人之间。她第一次跟我说李菁的故事时，我其实鼓励她写出一篇小说，因为李菁的人生在我眼里完全就是一部好莱坞经典电影，而同列大明星之林的青霞大概是世上少数几个人无须揣测就能真正明了李菁的生命情境，写出戏剧化的故事。然而她最终还是决定使用朴实的散文风格，我想，这与青霞的人格性情有关，当看见他人的难言之处，她总是包容、原谅并淡化伤口。做了一辈子“林青霞”，经历那么多事之后，她比一般常人更倾向选择宽容，留下做人的余地。

青霞常说，我是她书架上最年轻的作家。这是实情。我第一次看见她的书架时，当场汗颜。她架上有唐德刚的《晚清七十年》、夏济安与夏志清的书信集、张爱玲全集、陈寅恪先生全集，她爱读哲学、历史以及人物传记。她喜爱的当代作家董桥、白先勇、蒋勋、龙应台等皆是名家，现实生活里，她对他们毕恭毕敬，除了尊敬、尊敬，只有尊敬，如同每个文学爱好者时不时就会引述喜爱作家的金句，聊天之际，青霞时常会向我转述他们对她说过的一两句话。作为不成器的写作晚辈，我反倒是从青霞身上习得一种敬重文人的老派浪漫；在网红、策展人当道的自媒体时代，青霞仍保有上世纪的文学情怀，当时张爱玲会以为胡兰成懂得她的灵魂而爱上他，鲁迅还能以笔代剑只身奋力砍向腐败的时代，太宰治会放弃议员家族身份而选择人间失格只为了活出自己的信念；对青霞来说，写作仍是回事，而文人是一份太了不起的职志。当她出第一本书时，董桥曾轻轻提醒她，她不能太快宣称自己是作家，青霞笑着转述这件事给我听时，我百感交集，因为我毕竟是二十一世纪才出版第一本书的作者，我一方面认同“作家”的严格定义，就像法国人不会随便给“écrivain”这个名号，一方面却因为自身写作的多年经验，难免已默默囤积了一股无处安身的时代荒凉感。

青霞对写作的执着、读书之认真，我以为，也是因为她对文学怀抱着敬意，她写作，不是为了获得名利，因为她早有了这一切，而是出自纯粹的喜爱。

这也是我个人的幸运之处。我认识青霞在她人生阶段最自在之时。她已无所求，也无所忌。我们相处的方式从一开始就不掺杂质，只是单纯地相互喜欢。我们相约总是很随性，做的事情也很日常，像是一起散步，看看电影，逛街买东西，吃东西时狼吞虎咽，互相抢食，毫无顾忌也不必客气。青霞问过我，我怎么看我和她之间的互动。我几乎毫不思索就冲口而出，儿时玩伴。若说“世间的相遇，都是久别重逢”，青霞和我就像小学同学毕业之后就不曾见面，直到人生过了大半之后才又相聚，当年一起翻过学校后墙去吃冰、逃学去戏院消磨一天的儿时乐趣立刻历历在目，久违了的熟识感马上回来。只是我这位小学同学比我走过更远的路，看过更多的人，她对世间情有更深的领悟，我从她身上学到慷慨大度的真意：懂得同理心之后，就更应该学会付出。

忝为一名写作者，我始终以为慈悲是文学人的核心特质，即是爱。青霞花费许多不眠之夜，耐心写下那些人与事，因为她在乎，她暗地希望生命终究圆满。若生命是一部电影，也许我们每一个人不可能都拥有快乐的结局，但我们皆值得被爱、被原谅，值得一点点幸福。她透过她的为人，以及文字所展现出来的人生高度，无疑地，令人动容。

这是青霞的第三本书。若董桥先生有机会阅读，我会很好奇先生的看法。

胡晴舫

# 惜字如金

施南生

一九八二年

徐克找她拍《新蜀山剑侠传》

开始了我俩的半生缘分

那时候

尖沙咀新世界中心旁的服务公寓住了不少女明星

可以说是星光熠熠

走进她那时寄居的单位

只有四个字适合形容

“家徒四壁”

特别之处是单位内你不会找到一只字

书本报章杂志不用说

打开冰箱

樽装水欠奉

厨房柜内

方便面从缺

所以连惯常应该有的东西上的招纸上应有的字也

统统没有！

成功非幸致

她每天睡醒（或更准确地说）被唤醒就去拍戏

回来累极便倒头大睡

偶尔不用开工的日子

肚子饿了便戴上一副墨镜到楼下的咖啡室

啃一碗云吞面

十年光景就这样过去

一个晚上

她来跟我诉衷情

说要急流勇退宣布退休

我力劝她打消这念头

免得遇到好角色要出尔反尔

尤其是当时我在徐克书桌的抽屉内

见过一张她的造型照

一身艳红戏服

头上结一条大红头巾
耳朵边戴一个抢眼大绣球
单看照片已令人有无限遐想
照片后面徐导演写下：
“这会是她的另一个角色。”
幸好她也不坚持引退
终于那照片中的她
跃上了她影艺事业的另一高峰
艳名远播
东方不败
尽管她在片场里吃尽苦头
威亚一吊几小时
眼泪大颗大颗地掉到地上
但成就也是非同凡响不可思议的
当时只要片商拿到她的合约
便可卖到外埠保证赚钱

陆港台东南亚日韩欧美

东方不败无坚不摧所向披靡

片商争先恐后来说项

平常一般电影好歹要拍四十来天

如今给个二十天也不会嫌少

但求她在镜头前两手一摆

来一个东方不败标准甫士便收货了

当时她也提出让我们以一半片酬找她来拍一部赚点钱

我们是婉拒了

“你快快去赚多一点钱留下做嫁妆吧！”

那一年

她确实也左右逢源地拍了十三部片子！

世事如棋

在她忙得晕头转向不可开交的当时

她偏偏遇上了她生命中的真命天子

事业圆满了

她也为自己的传奇添上最完美的另一章节

她决定嫁给邢李先生

还是我们做证婚人的

在传统仪式中一双新人跪地斟茶给她的父母时

我听着米高说：

“爸爸妈妈，您们放心吧，我会好好照顾她一辈子。”

婚后她除了悉力地演好贤妻良母的角色

还不知何时开始

沉迷于书本中

手不释卷

每每读书至天明

读到好的书

还送我一本

让我也分享到书本和友情的芬芳

更加不知何时开始

她执起笔写文章

其实我也不应觉得诧异

她委实是有着异乎常人的艺术家慧根

回想以前

她看到一些画面

总可以不经意地说出一个动人故事

还有她绘画插图也是颇有一手的

期待早日见到她图文并茂的作品

这本书是她的第三部著作

她让我也来写一下序

我其实是无比激动地答应下来的

毕竟

我曾经到过那个一只字也找不到的公寓

一九八二年

忘不了

施南生

# 青青相惜

江青（一九八二年，李小镜摄影）

青霞要我给她今秋出版的第三本书《镜前镜后》写序，我马上想到用“投缘”作标题，发微信给她，不料一分钟后她回信建议标题用“青青相惜”，妙！让各自名字中的“青”排排坐，传神又不落俗套。

其实起标题、书名这类事，青霞很灵光也很在行，所以我常常会请她帮我出主意。今年三月在罗马歌剧院排练《图兰朵》，结果因为疫情，排练停摆演出延后，遗憾之余我写了篇文章投稿，青霞看完稿子，马上建议标题用“叫停？”。连标点符号都想到，真是简单明了又醒目。台湾尔雅出版社二〇一八年出版了我的书《回望》，广西师大出版社如今要出简体版，无奈大陆已经有同名的书，必须更名，青霞灵机一闪，建议简体版书名《点点滴滴》，书中内容可以滴滴点点包罗万象。台湾尔雅出版社今年七月下旬出版了我的新书《我歌我唱》，为这本书的书名我寻寻觅觅了很久，前阵子，灵感一来想用“唱我的歌儿！”作书名，半夜给青霞发微信，没多久，铃声大作：“哎——《我歌我唱》更好，念起来顺口、声音亮。”我一听这个建议喜出望外，脱口而出：“啊——太好了！

今天晚上可以安心睡。多谢！”

青霞笔耕开始的处女作取名《窗里窗外》，当然跟她十七岁出道拍第一部电影《窗外》有关；第二本散文集《云去云来》，是她庆生一个甲子，送给自己的一份生日礼，书名如其人潇洒飘逸带仙气！

《镜前镜后·平凡的不凡》一章，写在巴黎得到世界面包赛冠军的吴宝春，坚信“只要肯努力，没有事情做不到”的意志力，标题励志、朴实，又点中主题。《花树深情》写她的良师益友金圣华与爱人 Alan 夫妻鹣鲽情深，在 Alan 的追思会里金圣华写了跟花树有关的一首诗纪念夫婿，金圣华给我的印象是位柔情似水的感性女性，于是敏感又善于观察的青霞，这一章取了跟花树有关的标题。她写李菁《高跟鞋与平底鞋》，篇首就开门见山：“我只见过她四次，这四次已经勾勒出她的一生。”青霞仅仅捕捉到李菁跟她最后一次见面，最让她深思的一句话“有钱嘛穿高跟鞋，没钱就穿平底鞋啰”概括成这一章标题——这简单的七个字，把我昔日六十年代邵氏南国剧团同窗（原名李国瑛）、后来光芒万丈的影后（艺名李菁）竟致悲剧惨痛收场、坎坷起落的一生，具象描绘得淋漓尽致。与画家、作家、大杂家黄永玉先生的交往，青霞写了《九龄后的年轻汉子》和《我要把你变成野孩子》两篇，一看标题我认识多年的黄老，聪慧、率真、风趣、童心……都活灵活现跃然于纸上。

通话中，我夸青霞有起名字的天分，并问，是否跟她拍了百多部电影有关？因为片名要抓准核心又要吸睛还要叫得响。不料她直率且得意洋洋地说："才没有关系呢，我就是起名字的天才！知道吗？我给我家跑马场的马都取了名'百看不厌'。"把我逗得咯咯大笑，调皮的青霞马上又用广东话念了两次马名，自夸："棒吧！""嗯，有节奏感的广东话听起来更有趣！"

我一直不认识荧幕上的青霞，直到两年前《滚滚红尘》修复后，才有机会找来看，第一次欣赏到大明星大美人的风采和丝丝入扣的演技。有所遗憾和歉意地跟她提起："哎——只看过你一部电影……"她说："这没关系，还好，你看的是这部片子……"我告诉她："老公比雷尔一直到去世都没有看过我的电影，只是在书中看过剧照之类……"我们自然而然地讨论起生活态度来，都认为人和人之间要有直接交往、真实的感情沟通，才能互相理解，才有价值。有了自信才能接受自我，才能坦荡地面对亲情、友情和爱情。

近几年，青霞情有独钟写文章，每写完一篇满意的，会像孩子般快活好一阵子："嗯——比买到件漂亮衣服、赢场麻将要开心多了！让我有成就感……"听她在电话中朗声读来得意的段落，我可以感受到她的满足感和欣喜之情，似乎可以看到她美丽的笑颜像永开不败的花朵。《我魂牵梦萦的台北》一章中，她写回到永康街，梦里徘徊的地方：“我站在客厅中央，往日的情怀在空气里浓浓地包围着我。八年，我的青春、我的成长、我的成名，都在这儿，都在这儿。”人世间的浪漫，莫过于某阶段成长的情感实录，那个客厅积攒了多少年她少女时代的记忆和梦想！她的初恋、初入银色世界、初成名、初得金马影后，都在这儿，都在台北。

新书中写得最扎实的一篇当数《走近张爱玲》，当初青霞告诉我准备写张爱玲时，我还说：“写她、研究她的人太多了，你又不认识她，如何写出个新角度、新意呢？”读后不得不承认我错估了，因为这次青霞是有系统地读书，边读边仔细揣摩，使她走近了张爱玲。我跟她说：“我一直相信‘一分耕耘，一分收获’，这篇文章无疑地又一次验证了这个真理。”近几个月来她一直在“啃”张爱玲，且到痴迷的程度，读张爱玲、谈张爱玲，会不会梦张爱玲呢？看她观察到的一些细节吧：“我直觉认定这是一种精神上的病症，照理说不可能换那么多地方还有虱子，眼睛也不可能会生虫。于是我打电话请教精神科医生李诚，李诚怀疑是惊恐症和身体上的幻觉，严重了会感觉虫在身上爬。我说，其实是不是并没有虫？”居然会将自己的揣测打电话问精神医生，认真程度可见一斑。

描写最细腻、传神的数这段：“我拍过的一百部戏唯一一次演作家，角色竟然以张爱玲为原型。这千丝万缕，到底还是与张爱玲有一线牵。”一线牵把青霞牵进了文章的标题：“走近张爱玲”。

正如青霞在文章中写：“回首往事，人世间的缘分是多么微妙而不可预测。”名字中带“青”字的两个人，一九七八年在纽约不期而遇的故事，青霞在二〇一九年《江青总是在笑》中有详细的描述。其实第一次我与青霞结伴出游是二〇一四年冬天，她在《匆匆一探桃花源》中记述：“白先勇老师每个星期一在台湾大学开三个小时的《红楼梦》课程，刚巧好友金圣华在台湾，于是我带着女儿爱林专程去听他讲课，从瑞典远道而来的江青，十二月一号那个星期一正好到台北，我们就相约下午一起去台大。听说江青姊第二天要去台东玩两天，我和女儿正好没事，就跟了去。”

一起旅行最容易近距离观察人，现在重读青霞这篇《匆匆一探桃花源》，勾起了我一串温馨的回忆。把记忆犹新的几件事记下：“阳光布居”民宿主人看到女神青霞驾到，喜出望外邀请我们喝茶，闲谈起山中的传奇故事，原来有位神医隐居在那里。青霞一听，迫不及待细细打听，原来她的大女儿近来皮肤出了症状，看了不少医师都无效。听了病情后，民宿女主人跟神医联系上并提了建议，青霞立马下单买了药。我一直知道青霞对继女视如己出，这次亲眼见到了她发自内心的关爱、亲情，就如她有篇文章的标题所写《情字里面有颗心》！

旅游期间我们去参观了一家手工制作坊，是为帮助当地先住民解决生活问题而组织起来的，几年下来制作坊已经能够自给自足。到那里淑敏和我各选了纪念品，而青霞大张旗鼓地买起来，女儿爱林贴心地小声提醒妈妈："你已经有那么多围巾，那么多……""我知道，我想帮助有需要的人……"边说边往篮中放。

齿草埔料理工作室，是一间需要很早提前预订才能有位置的餐厅，Nick 和 Vivi 夫妻店。完全可以用"室雅无须大"来形容，一切简简单单干干净净，包括这对夫妻的着装和长的模样，看着真舒心。我爱精心设计原汁原味的菜，也爱看他们夫妻谦卑纯真的笑容，得知食材都是根据时令就地取材，我就兴致勃勃地讲起我在瑞典采集野果和蘑菇的经验，听得他们夫妻入神不说，还要我介绍食谱。在那里进餐自然而然能让人放慢步伐，最后只剩我们一桌客人在那里跟主人静静聊天，离开前青霞坦诚地问主人："我在香港认识五星级旅馆，你们的菜太别致了，到香港一流餐馆做大厨绰绰有余，如果有需要我可以给你们介绍。""嗯——我们在巴黎和东京的顶级饭店都做过，还是喜欢回到家乡，过接近大自然的生活，我们对物质的要求很少，够用就可以了，有多余钱时就买食谱研究……"他们不卑不亢地谢谢了青霞的美意。富有同情心的青霞，永远想帮助人，老是设身处地为他人着想。我们虽然没有机会常见，但在交往中能畅所欲言推心置腹，是感受到了她的善良、诚挚，由心底自然散发出的温暖。

至今我还保留着那张朴素大方的菜单留念，也仍然记得爱林跟我说："江阿姨，其实他们说的那种生活也是我向往的，生活其实越简单越好……"看她欲言又止，我问："是不是妈妈的盛名给你带来太大的压力和太多的不便？"爱林腼腆地微笑不语。这本书中，其实青霞也屡屡隐约表达了，因她盛名给家人带来的不安和歉意。

今年春节，新冠肺炎蔓延开来，对这场世界性灾难无人能预料，令人措手不及，即使我在罗马紧张的歌剧排练中，也见缝插针地找时间跟青霞联络了解疫情。她一五一十跟我详述，为了将她捐献的物资如期直接送到一线，费尽了脑筋动用了一切的可能，后来见到她二月十三日亲笔书写的信《致前线抗疫英雄》，附在寄出的每个邮箱中，她悲天悯人的情怀和奉献精神令我动容不已。今天再读此信，使我联想到儿子汉宁在瑞典急诊室当医生，每天出生入死奋不顾身，两个月来他病倒、起来，又病倒、又起来……

我爱他、担心他、了解他，为儿子忧心忡忡的同时也为他有担当而感到骄傲。在诚惶诚恐的日子中，我的心情只能套句俗话："哎——可怜天下父母心！"

跟青霞相处熟了，交流越来越多，可以感觉到她以更宽厚的胸怀面对朋友、亲人，用更大的善意回报世人！她写的亲笔信不是句长口号，铿锵有力的字代表了她的心！

江青

二〇二〇年夏于瑞典

致前線抗疫英雄

這是一場沒有硝煙的戰爭
這是一場沒有流血的戰爭
這是一場史無前例的新世紀疫戰
你們的戰袍是防護衣
你們的頭盔是口罩
你們的戰場是醫院
敵人是無聲、無息、無色、無味，防不勝防的新型冠狀病毒

全世界的目光正見證你們以敬業的精神、鋼鐵的意志、超凡的勇氣、悲憫的胸懷巡行在醫院的長廊，不分晝夜隨時應戰，守護他人的生命。我們知道、我們明白、

我們心疼，我們流淚。只想告訴你們，你們並不孤單，在大後方有無數的人在關懷、在支持、在為你們祈禱。

前線英勇的醫護人員，我深深的敬佩你們，希望你們繼續做好防護工作，保護自己、保護家人、保護同事、保護病人。

在此，謹以最虔誠的心祝福各位

平平安安！健健康康！

早日功成返家！

與家人團聚！

青霞

2020-02-13

# 遇见林青霞

和青霞姐的相遇，缘自赖声川导演的一出话剧——《曾经如是》。

当时我先认识了林青霞的好友，同时也是张国荣的契姐贾安宜。虽说是认识，那也是不多久以前。由于我们话题投缘，几天后我就被邀请到安宜姐家里去做客，看到她书房里和林青霞、张国荣以及其他香港台湾大明星的照片，我非常冒昧地提出一个请求：如果林青霞来上海，我想请安宜姐能够帮忙安排和林青霞见个面。安宜姐说："好的，看有没有机会吧！但就是不知道青霞她什么时候来上海。"说完之后，我也就没放在心上，我只认为是安宜姐的应承之语。毕竟，像林青霞这样一位响彻全球华人圈、具有空前影响力的大明星，岂是随随便便见得着的？

第二天我就登上了去日本的邮轮。在海上漂浮的日子，没有网络信号。一脚踏上日本土地的时候，我就收到了安宜姐的电话："张律师，你大概什么时候回来？青霞已经准备来上海了，大概后天到，我们可以约晚饭。"我很遗憾："后天我是来不及了，我恰恰是大后天到上海。"安宜姐说："没关系，大后天到的话，我们一起约看戏。"于是，我们就约了那一出话剧《曾经如是》。

在徐家汇美罗城的"上剧场"，我终于见到了青霞姐。我被安排坐在青霞姐的旁边，整出话剧的时间在五个小时以上。散场后，我想我此生的一个愿望已经达成，我终于见到了心中的女神——大明星林青霞了。我没有想到，我和青霞姐的缘分，只是一个开始。

一个月以后，武汉爆发了新型冠状病毒（当时在全世界，武汉的病毒是最严重的）。有一天早上，我接到了安宜姐的电话："张律师，青霞想要帮助武汉，捐赠一些医护人员所急需的物资，你有没有兴趣一起参加？"我当然愿意，而且是非常愿意。于是我就拉上了和我一起做慈善公益的林沙（她在武汉有非常畅通的人脉资源），我们组成了一个四人的小组，拉了一个微信群，青霞姐取名为"蚂蚁雄兵"。意思是我们可以像蚂蚁一样，源源不断把各地的物资搬运到武汉抗疫的前线。

于是，我就有机会每天和青霞姐微信聊天。我们每天的事务，就是讨论前线需要什么，我们要采购什么，以及通过什么样的方式尽快安全送到前线医护人员手里。短短的两个月时间里，我们筹措了十几批次的紧急物资，源源不断送到湖北各地，甚至是僻远的乡村卫生所，湖北的志愿者团队（大概五十名）立下了汗马功劳。青霞姐在二月十三日写下了《致前线抗疫英雄》的一封信，随着我们十几批次的物资，络绎不绝运抵湖北抗疫前线。

武汉一线的医护人员，听说是林青霞捐赠的物资（每个箱子里还有装帧精美的林青霞的亲笔信）都异常兴奋。所以我们的物资，他们总是保护得最好，问询得最勤。他们总是要我们转达对

张一君

林青霞的喜爱和敬意，他们拿到物资以后发布在各自的朋友圈。一时起，湖北的医疗界纷纷扬扬流传着青霞姐做公益慈善的传说，中央媒体、湖北媒体也去湖北的医院采访。

武汉捐赠的同时，青霞又通过我在内地订购了一百万个口罩，捐赠给香港医护人员，两次捐赠所有的资金，均来自青霞姐自己的私房钱，没有任何的社会捐助，我们所做的是一次次干净纯粹的公益捐赠。香港由于一年前引发的事件导致口罩等物捐赠过关有点麻烦，检查耽误了一个多月的时间，最终在二〇二〇年五月七日，由香港著名的公益医生雷兆辉先生，向香港特别行政区医院管理局，转交这一百万只由林青霞捐赠的外科口罩。

别人眼里的林青霞，是一个事业非凡的大明星，一个才华横溢的女作家。而我眼里的林青霞是一个充满爱意的慈善公益人。有一次我跟她说：整个九十年代，我们一直在看青霞姐演大侠，而这一次，我们真的在和林大侠一起做行侠仗义的善事。

聊公益之余，我们每天也聊其他的话题，涵盖文学、历史、影视、艺术方方面面。青霞姐的阅读是超出我们常人想象的，往往痴迷于某一个专题而不能自拔。今年是张爱玲一百周年诞辰，因为二〇二〇也被张迷称之为“爱玲爱玲”，青霞姐最近完全痴迷于张爱玲的作品，从早到晚阅读张爱玲，读完张爱玲读胡兰成，读完胡兰成读胡青芸……只要和张爱玲有关的资料，她都会拿来读，甚至还要用脚步去丈量张爱玲的足迹。在我周围，从来没有见过一个像青霞姐这么爱读书的，她向我推荐白先勇的《细说红楼梦》、齐邦媛的《巨流河》，和我讨论老子的《道德经》，甚至有一次她发了一段完全没有标注句读的《道德经》原文，问我："'故常无欲以观其妙常有欲以观其徼'，你怎么下标点符号？"我给出其中一种标法，青霞姐却找到了两个不同的标法和出处。她说："所以要对照着看。"

我成了青霞姐的书友，她经常会把她的文字发给我看，我也极度有幸成为最早阅读她文字的读者之一。她是一个极痴迷和认真的人，每次发表在《明报月刊》和《南方周末》上的文字都会几易其稿，每一稿都会有大的改动，或者结构调整，或者补充材料，仅《走近张爱玲》（二〇二〇年九月一日刊载于《明报月刊》）就更改十数次。她的写作，都像在雕砌一件艺术品，那种专注，令人神往。

如今的林青霞，已经退出了电影圈，她现在的最爱，就是写作。有一次我问她：做演员开心，还是写文章开心？她回答：当然是写作开心，做演员辛苦压力又大。我经常在她文字里看到一个个令人高山仰止的华人作家：季羡林、董桥、白先勇、龙应台、金圣华、蒋勋、章诒和……我想：青霞姐一定是找到了她灵魂舒适的地方。

人生的最好气质，是读书人的气质，而最难得的，是将书卷气一直保存到老。今天的林青霞，美丽依旧，真实纯朴，又腹有诗书，让我不禁感怀：遇见林青霞，真好！

张一君

二〇二〇年九月十八日于上海

# 寻觅彩虹的尽头：

## 浅谈新知林青霞

一篇文章，可带来苍凉、无奈、伤怀、感叹，也可为读者迎来喜悦、宁静、安慰，又或者是绚丽夺目的漫天彩霞。而作为着色者，透过不同的文字运用和表达，或灿烂或灰暗，或沉重或轻巧，或明说或暗喻，作者都有能力在读者的心灵上，甚至生命里，涂上不一样的色彩。

作家林青霞带给我的，是一道洒上了闪烁金粉的七色彩虹。

最近一口气看完了新知林青霞小姐送赠的著作《窗里窗外》及《云去云来》，我有机会一瞥她的内心世界。同一时间，更拜读了她的多篇新作。正因如此，惊喜连连。

我九岁离开香港，回归时已是两名幼子之母。因成长时期身处异国，对陆、港、台的一些事物，尤其是娱乐新闻，没有太多的留意，以致对“林青霞”的认识只停留在浅薄层面上，例如她是一位“大美人”“大明星”“红遍陆港台”等等。也曾在网上看过一两部她早期主演的电影，隐约听说过有关她的一些花边新闻，但到底是孤陋寡闻，对她印象模糊，所知不多。机缘巧合之下，最近有机会认识到这位传奇人物，而她的“人”及“文”，更令我有种久违了的感动。

林青霞为人随和诚恳、体贴入微，令人如沐春风不在话下，她的无私爱心及助人热心更是促成我们第一次会面的主因。原本我与她身处不同的圈子，她在艺坛我在杏林，生活的轨道不易交接。然而新冠肺炎疫情今年全球爆发，林小姐为支持前线医护人员及向他们表达感谢和致敬，以个人名义向陆、港、台各有关医疗机构都作出了捐赠。在香港捐赠的过程中，经过我们共同好友金圣华的联系，外子（亦为医生）乃为林小姐安排抗疫物资运送及医院管理局接洽有关事宜，我们因此有缘相遇相识。我自小受外语教育，以致中文水准十分一般，但是因为大家都喜爱写写读读，也就顺理成章地成了“笔友”。

林小姐性格坦率，她的“心”显而易见。令我印象深刻的还有她在举手投足中、无意之间展露出来的“情”。她重情，是那种讲信重义，在你临危之际会向你施以援手的人。出乎预料地发现，她也“多心”。除了爱心和热心，她更拥有对新事物的好奇心，纯真无邪的童心，慈悲怜悯的恻隐之心，以及那华丽外表也掩盖不了的赤子之心。所以，心不怕多，有情则好。

“情”与“心”，在林小姐的文章中处处留痕。她的文，更是印证了我对初认识者往往十分准确的直觉（该算是身为医生的特异功能吧！）。林青霞文笔真诚、直接、清新、简洁，像俗世中的一股清泉，令人感到无比的舒适。难得的是，看得出她饮水思源、为人厚道、对笔下人物多加守护，描述往往点到即止，恻隐之心、怜悯之情处处可见。敦厚善良的她不但给读者带来了一丝丝温暖，更触动人心，令人庆幸人间有情。

读林小姐的文章，感觉上就像是有位轻柔的说书人，在耳边淡淡地细诉着一个又一个的动人故事，道说着故事中各主人翁生命中的跌宕起伏、心路历程，讲述着冥冥中各人经历过的喜怒哀乐、悲欢离合，如镜花水月、像海市蜃楼……传说中波斯帝王山鲁亚尔听了一千零一夜的连环故事，大概也不过如此吧。

林青霞文如其人，文章大都是感性的。但细读之下，读者隐约可在笔墨之间意识到一丝理性，虽然若隐若现、若有若无，却又总是挥之不去。感性及理性，本是两个对立的极端。像黑或白，像日或夜；没有共识，没有妥协，没有相融共处的空间。但出奇的是，在林的文章里，她总能用她的真诚，她的坦率，她的不凡经历，把感性理性化、把理性感性化，然后又再巧妙地把这矛盾统一。看似是矛盾，其实是洞察世情的智慧。没有感性的点缀，理性是冷冰冰的现实；而没有理性的平衡，感性只落得个风花雪月、虚无飘渺。“集智慧与美貌于一身”，林小姐当之无愧。

林青霞的新作品满载着作者一贯的清丽、诚恳与率直，读后令人惊喜继续。惊喜的是现今读者可在行云流水中欣闻鸟鸣；惊喜的是她此刻的文章更多了一分自信、一分坦然、一抹轻盈，同时亦少了一点战战兢兢、一点如履薄冰，甚至一点以往不时在字里行间隐隐流露出来的令人莫名的歉然。

作者新作文笔洒脱，生气勃勃，自然流畅，多了层次感。除

赵夏瀛（雷兆辉摄影）

了一如过往的生动描述，更多了从不同角度，对人、事、物深入的分析和探讨。就算是在诉说着无奈甚至坎坷的伤感故事，林小姐也不失大体、张弛有度，分寸的拿捏恰到好处。正如书写李菁的那篇文章就有血有泪，令人不胜唏嘘，感慨不已，但情心兼备的作者始终对故友笔下留情、万分守护、情义毕露。十年寒窗，林青霞的默默耕耘又何止十年？读者看到的是长达十七年来她文笔的成长、心态的提升，体会到的更是她对文学的热爱、她的努力、她的虚心、她的好学和她的诚意。一切的一切都有目共睹，令人动容。

林小姐从容自在，灵活地游走于往昔与如今；现在更是高跟鞋、平底鞋两皆宜。私底下她不拘小节、广结善缘。此时此刻，除了爱惜她的家人，她还有良朋益友：有意气相投的知音，有惺惺相惜的知己，有超级无敌女金刚闺密，有默默鞭策着她的才女挚友……当然，还有那无数向她送上衷心祝福的读者。她此刻人生丰沛，而聪敏如她想必一定惜福感恩。更相信她也必然是“知足、知不足、不知足”的。

因为知足，才知不足；才会用心去改进，用努力去实践那不知足。深信我这位充满了惊喜的新知，这位天资聪颖、情心并重、勤奋好学的林才女，会以“知足”的心态、“知不足”的谦逊，继续以“不知足”的精神，锲而不舍地去探索那漫长的文学之路，勇往直前地去寻觅那心中彩虹的尽头。

红、橙、黄、绿、青、蓝、紫。

作家林青霞七色皆备。

难得的是，还有她心中深处、彩虹尽头的那一抹金……

赵夏瀛

二〇二〇年六月三十日

注：林小姐关心社会不遗余力，慷慨捐赠抗疫物资。身为医护，铭感在心。谨以此文，聊表谢意。

# 青霞的煮字生涯

黄心村

我五年前从北美搬来香港，任职于港岛半山坡上的香港大学，终于在这五年里的某一天结识了住在校园后更高的山坡上的青霞。那个晚上一身红衣的山上邻居从她自己的银宫里飘出，不再只是一个影像和一组声音，而是一个活生生的人，有说不完的故事。随着她一起的那些丰富的影像和声音也并没有消失，它们都被吸收到背景里，是上个世纪明亮的记忆，而凸显在此时此刻的是我们这个时代和脚下的这座城。

我和青霞真正的密集交流始于今年年初，是疫情之下的香港。今年恰逢张爱玲百年诞辰，我正在忧虑策划已久的系列活动是否都会泡汤，而她则开始系统地阅读张爱玲，不只是细读大小作品，更是抓住所有的背景资料，像一个研究者一样地孜孜不倦地通读。港岛半山坡上的校园出奇地安静，我依然每天在办公室里上工，而她在山上的寓所里继续她日常的品文煮字。我们常常一起行山，时间不长，但争取要走得热热的，一定要出汗，同时也能加紧聊天，这一两个小时便是双收获。

青霞行山，可快可慢。正聊得高兴，我说，要不我们走快些吧，多出点汗。她便抡起手臂，大跨步，飞将起来，那个架势，实在是不可阻挡。戴着口罩，少人认出。但有时候即使戴着口罩，也难免被认出，口罩上的那双眼睛辨识度依然很高。山路上一群行山女，看到青霞，每个人都猛然捂住嘴发出惊呼，反应快的便从口罩后面绽开笑颜，叫一声“青霞姊姊”。青霞友好地招招手，脚步没有停，倏然走过，如风。

和青霞谈看过的书，见过的人，遇到的事，都是从一个简单的念头开始，最后一层一层叠加上去，收获一个丰满的场景。她恢复场景的能力超常，一般都是从常人不会注意的小细节切入。比如，我第一次见到你你穿的是什么，我穿的又是什么，然后我们说了什么，那天晚上光线怎样，温度又如何，视觉听觉之外，所有的感官都调动起来了。这是她记性出奇地好，但更多的是一种观察事物天生的能力，细致入微，且无微不至。细节是浓缩的意念，青霞叙说的细节里是满满的慈悲和共情，饱含着唯有她才具备的眼光、视角和高度。

香港的山，香港的风，香港的烟云，香港的水泥森林。山顶眺望这座城池，每次都是一副不一样的面孔。看着飞速逃遁的云雾，青霞说，张爱玲要是看着这景象会怎么描写？我们讨论张爱玲住在半山的宿舍，每天上下山坡、在小径上跳跃的样子。那她会常来山顶吗？各自在脑子里把那些文字走一遍，结论是，不常来山顶，但常常在半山和山下一带走动。那《茉莉香片》里聂传庆从车窗瞥见的绚烂的杜鹃花是哪一段弯弯曲曲的山路呢？是大学道外围的那一段吧，或者是更靠近般咸道？和青霞一起行山，一般就是絮叨这些细节，我环顾四周，也确实只有她才能懂得我为什么会纠缠此类细节。

青霞与文字相伴的时光每每从深夜开始，朋友们都入睡了，她开始挑灯夜读。读好文字让她沉下心来，人生的重启有一个大计划，是一个漫长的阅读和修炼的过程，青霞对这过程充满了少年般的向往。每天都盼着天黑，星星月亮璀璨灯火的夜晚，那是她阅读的起点，凌晨阖上书页，她会叹一口气说，真是舍不得去睡觉啊。这些年，她读董桥，读白先勇，读蒋勋，现在又读张爱玲、胡兰成、《红楼梦》，越读越系统。她的熟朋友都有这样的经验吧，一大早，她打来电话，说，你起床啦，急死人了，我有重大的发现，一夜读下来，赶快跟你说了，我才能去睡。

她看书是即刻的，一点都不耽搁，拿到好书，或者知道是自己应该看的书，生活里一切都靠边站，拿起书就看，原地读书，即刻读书。有时候歪在那里，不是很舒服的姿势，可手里的书真是好书啊，完全不敢挪动，生怕一丁点的动弹，就会搅乱了阅读，而阅读是片刻都不能耽误啊。她有时会说，你给我的资料，我站在洗手台边开始看，一站两小时，一动没动看完了，唉，真是太好看啦。那个“太”字，说得很重很重。

青霞看书，她自己的准确用词是“吞”。她说，昨晚我又吞了一本书。即使是生涩的学术文章，多看几遍，照样吞下去。不是囫囵吞枣的吞，是如饥似渴的吞。读得彻底，一遍，两遍，直到完全吸收，然后慢慢地幻化出来，是养分，进入她自己的叙述。我说，看书叫吞，那你写文就叫煮啦，你每天就是吞了煮，煮了再吞，然后煮了又煮。于是我们捧腹大笑。

我们已经很久没有看到对阅读抱着如此生命的激情的人了吧。看她这样如饥似渴，我开始检讨自己的阅读，觉得有点惭愧。我们的阅读多少都带有功利性，我们想从文字里得到某些信息，知识现实不现实，书籍有用没有用，往往撷取可用的一段，然后这书就丢一边了。在知识碎片化的时代，有用的知识上总是有一个价码，是否我们对文字已经失去了最初的那种激情？究竟什么是阅读？什么是文字？构筑文字是什么？看着青霞日复一日地品文煮字，孜孜不倦，不由得想，人与文字的相遇，真的需要缘分。在青霞，这份际遇发生在此时此刻此地。假如说，写作是对阅读最大的报复，那诉诸文字的愿望，必然发生在密集阅读之后。日以继夜的阅读，是浓缩人生，在浓缩版的人生中再将生命缓缓打开，流出的便是自己的文字。吞字和煮字，是将阅读和写作与生命的根本意义联系在一起了。

那样密集的阅读，再看青霞的文字，如释重负。那些书本没有成为她的累赘和包袱，她的文字依然保持着纯净、清脆、流畅。如果写作真是对阅读的报复，那保持文字的本真未尝不是一种自我的执拗。青霞的文字中常常提到前人说的话，但也只是提到，下一刻迅疾回到自己的文字中，依然是那样的纯净、清脆、流畅。她每写就一篇，看着是一气呵成的文字，只有她的熟朋友才知道是下了多少功夫，每天磨，每天煮，每天慢火炖，那样辛苦，写完了却是完全忘记有多苦，她会说，没有啊，一点都没有辛苦吧。于是继续再写下一篇，日复一日，年复一年。

从她最初的文字一直看到她最新写的张叔平，我想她一直纠结的是如何将细微的观察诉诸文字。回忆一波一波地涌来，都是细节，有时候是一瞬间的闪回，被她抓住，不急不慢地道来。永康街老宅里旧沙发的颜色和质地，楼下老爷车怪异的叫声，老"总统"柔软如绵的手，小公寓里三毛的即兴舞步，李菁独一无二的眼线，胡晴舫的黑衣黑包和球鞋，金圣华诗里的花和树，施南生浓浓的痴情，张叔平的落荒而逃……对于细节的专注使得文学的真实比生活中的真实更真实。喜欢听她讲故事的朋友都说，她的文字叙述和好友聚会时的分享是一样的。她的故事捕捉的是细节的质感，所以无论讲述多少遍，呈现的都是一样的面貌、温度、情愫。你完全可以相信它的真实性，这里的真实并非事件本身的确凿无疑，而是那个角度的专注、真诚和永恒。

我想青霞是正在用文字巨细无遗地搭建自己的观望台，她在那观望台上重新审视各种各样的人和事，亲近的，久远的，素昧平生的，擦肩而过的。看青霞品文煮字，目睹的是强大的记忆如何借助文字这个媒介一点一滴地具象化。我也相信很多记忆尚不能触及，它们隐藏得很深，我想她是在用文字慢慢地试探，一层一层地写，越写越靠近那个意念深处的自己。我们已经看到的文字仅仅是她梳理出来的一部分，是冰山的一角，尽管她写得隐忍、克制、点到为止，已经让人动容，欲罢不能。假如我们有耐心，青霞会有更多的毅力和勇气，会一层一层地梳理出来，细节在键盘下流动，日益精炼的文字走向一个更宽大更长远的叙述。

神话的林青霞已被多少人重复书写，而这些对青霞自己意味着什么呢？有多少人有这样雄厚的写作资源？又有多少人可以如她这般将几个人生都浓缩在今生？读着她第三本书的书稿，我想象，文字的青霞终有一天会和自己在历史影像中最璀璨的那一刻迎头撞上。时间是前行的，更是循环的，过去的经验是为未来的呈现存在的，这个未来的呈现，青霞要自己攥在手里，在此刻，在未来，以文字指引过去的经验，并赋予它新的意义，这才是执着于写作的根本动因。

祝福青霞，年复一年，品文煮字，日落到日升。

黄心村

鸣　谢

封面照片：陈漫摄影
封底照片：侯方达摄影

图书在版编目(CIP)数据

镜前镜后 / 林青霞著 . -- 北京 : 北京日报出版社 ,2020.11
ISBN 978-7-5477-3856-6

Ⅰ . ①镜　Ⅱ . ①林　Ⅲ . ①散文集 – 中国 – 当代Ⅳ . ① I267

中国版本图书馆 CIP 数据核字 (2020) 第 199457 号

责任编辑：许庆元
特约编辑：田南山
装帧设计：张叔平
制　　作：马志方

出版发行：北京日报出版社
地　　址：北京市东城区东单三条8-16号东方广场东配楼四层
邮　　编：100005
电　　话：发行部：（010）65255876
　　　　　总编室：（010）65252135
印　　刷：天津市银博印刷集团有限公司
经　　销：各地新华书店
版　　次：2020年11月第1版
　　　　　2020年11月第1次印刷
开　　本：700毫米 × 1000毫米　1/16
印　　张：19.25
字　　数：80千字
图　　片：69幅
定　　价：128.00元